AF512118

मिशन इंडिया

डॉ. ए.पी.जे. अब्दुल कलाम (15.10.1931–27.7.2015) भारत के यशस्वी वैज्ञानिकों में से एक तथा उपग्रह प्रक्षेपण यान और रणनीतिक मिसाइलों के स्वदेशी विकास के वास्तुकार थे। एस.एल.वी.-3, 'अग्नि' और 'पृथ्वी' उनकी नेतृत्व-क्षमता के प्रमाण हैं। उनके अथक प्रयासों से भारत रक्षा तथा वायु-आकाश प्रणालियों में आत्मनिर्भर बना। अन्ना विश्वविद्यालय में प्रौद्योगिकी तथा सामाजिक रूपांतरण के प्रोफेसर के रूप में उन्होंने विद्यार्थियों से विचारों का आदान-प्रदान किया और उन्हें एक विकसित भारत का स्वप्न दिया। अनेक पुरस्कार-सम्मानों के साथ उन्हें देश के सर्वोच्च नागरिक सम्मान 'भारत-रत्न' से भी सम्मानित किया गया। विज्ञान-प्रसार में योगदान के लिए उन्हें प्रतिष्ठित 'किंग चार्ल्स-II' मेडल से सम्मानित किया गया। भारत के राष्ट्रपति के रूप में अपने कार्यकाल के दौरान देश भर के आठ लाख से अधिक छात्रों से भेंट कर उन्होंने महाशक्ति भारत के स्वप्न को रचनात्मक कार्यों द्वारा साकार करने का आह्वान किया।

डॉ. अपथुकथा शिवताणु पिल्लै प्रतिष्ठित वैज्ञानिक हैं, जो डी.आर.डी.ओ. (रक्षा अनुसंधान और विकास संगठन) के मुख्य नियंत्रक रहे। साथ ही 'ब्रह्मोस' सुपरसोनिक क्रूज मिसाइल के विकास से जुड़े भारत-रूस संयुक्त उद्यम ब्रह्मोस एयरोस्पेस के मुख्य कार्यकारी तथा प्रबंध निदेशक भी रहे। कुछ समय तक डॉ. विक्रम साराभाई और प्रो. सतीश धवन के नेतृत्व में डॉ. ए.पी.जे. अब्दुल कलाम के साथ लंबे समय तक कार्य किया।

डॉ. पिल्लै को अनेक प्रतिष्ठित इंजीनियरिंग और प्रबंधन संस्थाओं ने फेलोशिप प्रदान की। आपने अनेक पुस्तकें लिखी हैं, जिनमें डॉ. कलाम के साथ लिखी गई पुस्तक 'मेरे सपनों का भारत' भी शामिल है। वर्ष 2002 में 'पद्मश्री' से सम्मानित।

मिशन इंडिया

डॉ. ए.पी.जे. अब्दुल कलाम
डॉ. ए. शिवताणु पिल्लै

प्रभात
पेपरबैक्स
www.prabhatbooks.com

प्रकाशक

प्रभात पेपरबैक्स

4/19 आसफ अली रोड, नई दिल्ली–110002

फोन : 23289555 • 23289666 • 23289777 ❖ फैक्स : 23253233

इ–मेल : prabhatbooks@gmail.com ❖ वेब ठिकाना : www.prabhatbooks.com

संस्करण

2019

सर्वाधिकार

सुरक्षित

अनुवाद

प्रवीण शर्मा

अ.मा.पु.स. 978-93-5186-586-5

MISSION INDIA

by Dr. A.P.J Abdul Kalam and Dr. A. Sivathanu Pillai

Published by **PRABHAT PAPERBACKS**

4/19 Asaf Ali Road, New Delhi-110002

by arrangement with Pentagon Press

ISBN 978-93-5186-586-5

देश की युवाशक्ति को
समर्पित,
जो **मिशन इंडिया** की
असली नींव है।

आमुख

भारत ऐसा अनूठा राष्ट्र है, जो निरंतर विश्व को लोकतंत्र के सर्वोच्च मूल्यों तथा अनेकता में एकता का संदेश देता आ रहा है। यत्र-तत्र बार-बार लहरें उठ सकती हैं, लेकिन समग्रत: विश्लेषण यही है—'भारत तो भारत ही है।' जब हम किसी राष्ट्र तथा उसकी महानता की बात करते हैं तो उस राष्ट्र के प्रत्येक व्यक्ति को जिम्मेदार नागरिक बनना होगा। प्रत्येक व्यक्ति को मूल्यों का सिस्टम बनाना होगा तथा राष्ट्र की संवृद्धि में व्यक्तिगत व सामाजिक तौर पर योगदान करना होगा।

इस भजन में भी कहा गया है—

पावन मन में बसती चरित्र की शोभा;
चरित्र की शोभा से घर में सामंजस्य;
घर में सामंजस्य से राष्ट्र में शांति;
राष्ट्र में शांति से विश्व में शांति॥''

आध्यात्मिक बुद्धिमत्ता तथा संस्कृति हमारी शक्ति रही है। यही कारण है कि हजारों सालों तक आक्रमण तथा उपनिवेशकरण के दुष्प्रभावों को झेलने के बावजूद हम एक राष्ट्र के रूप में आज भी खड़े हैं। हमने समाज में वर्ग-भेदों तथा उतार-चढ़ावों के साथ तालमेल बनाए रखा। इस प्रक्रिया के दौरान हमने छोटे-छोटे लक्ष्य हासिल किए। लेकिन

हमारी मनोवृत्ति गिरती गई। विश्व में महान् शिक्षक तथा वैभवशाली दर्जे से स्वतंत्रता-प्राप्ति के समय जीवन के निम्नतम स्तर तक पहुँच गए थे। स्वतंत्रता आंदोलन के दौरान महान् नेताओं ने जनमानस को झकझोरने के अथक प्रयास किए, ताकि भारतीय अपने उदात्त गौरवमय अतीत को याद कर सकें। अब समय आ गया है कि आनेवाले वर्षों में जीवन को समृद्ध बनाने के लिए अपनी विरासत और बुद्धि तथा ज्ञान के भंडार पुनः भरने होंगे। वर्तमान में हम अभी अपनी इच्छा व लक्ष्य-पूर्ति से कोसों दूर हैं। इसलिए हमें अंतर्निहित शक्ति के बलबूते पर विकास का अपना मॉडल तैयार करने की जरूरत है, ताकि विश्व को पता चल सके कि हम भारतीयों में भी अद्वितीय एवं अनूठे गुण हैं, कुछ खास हैं।

हमारे उच्च लक्ष्य होने चाहिए तथा उन्हें प्राप्त करने के लिए हमें एकजुट होकर प्रयास करने होंगे। हमें अपने मार्ग में आनेवाली कठिनाइयों का सामना करना होगा; लेकिन उन्हें पराभूत करना होगा, ताकि ये समस्याएँ हम पर इतनी हावी न हो जाएँ कि हम इनके गुलाम बन जाएँ। सन् 1991 के पश्चात् हमारे देश की अर्थव्यवस्था में सुधार आया है। फिर भी, यदा-कदा ऐसा प्रतीत होता रहा कि हम नियंत्रण नहीं रख पा रहे तथा उसके परिणामस्वरूप हमें आर्थिक मंदी का आघात सहना पड़ा है। निस्संदेह, यह अस्थायी दौर था। यदि देशवासी संकल्प लेते हैं तो निश्चित रूप में इस समस्या पर काबू पाया जा सकता है। यदि हमारे उदात्त एवं सार्थक लक्ष्य हैं तो कुछ भी असंभव नहीं है।

महात्मा गांधी ने कहा था—

> इनसान वही बनता है, जो वह बनना चाहता है;
> यदि मैं यह सोच लूँ कि मैं यह नहीं कर सकता
> तो मैं कुछ नहीं कर पाऊँगा। लेकिन यदि
> मैं मानता हूँ कि मैं 'यह काम कर सकता हूँ'

आमुख

तो मैं सचमुच ऐसा कर पाऊँगा, भले ही
शुरुआत में मेरे पास इतनी हिम्मत न हो॥

भारत की स्वतंत्रता के पश्चात् पं. जवाहरलाल नेहरू पंच वर्षीय योजना के जरिए विकास पथ पर आगे बढ़े तथा राष्ट्र की समृद्धि में बढ़ोतरी हुई। उन्होंने नीति गत संकल्प द्वारा विज्ञान और प्रौद्योगिकी के विकास पर बल दिया। जहाँ हम अपनी बुनियादी जरूरतों को भी मुश्किल से पूरी कर पाते थे, वहीं हमने प्रौद्योगिकी का साधन के रूप में इस्तेमाल करते हुए नवाचारयुक्त कार्यक्रमों के जरिए कृषि तथा दुग्ध उत्पादन में आत्मनिर्भरता हासिल की। साथ-ही-साथ धीरे-धीरे भारत ने सरकारी निधि और अन्य देशों के सहयोग से भारी उद्योग तथा बिजली उत्पादन के क्षेत्रों में क्षमता अर्जित की। इससे देश में व्यापक स्तर पर रोजगार के अवसर सृजित हुए, परिणामस्वरूप कुशल श्रम-शक्ति का विकास हुआ। वर्ष 1960 के दशक के दौरान हम अति महत्त्वपूर्ण प्रौद्योगिकी के विकास पर फोकस हो गए; विशेष तौर पर परमाणु ऊर्जा, अंतरिक्ष और रक्षा प्रौद्योगिकी पर हमारे प्रयास केंद्रित हुए, ताकि इन क्षेत्रों में राष्ट्र आत्मनिर्भर हो सके और हम विकसित राष्ट्रों की श्रेणी के अधिक निकट आ सकें। इस विजन के कारण ही आज भारत परमाणु अस्त्र-संपन्न राष्ट्र का दरजा हासिल कर सका है तथा भारत अंतरिक्ष क्लब का सदस्य बना, अर्थात् हम रक्षा प्रौद्योगिकी में आत्मनिर्भर हो सके हैं। आई.जी.एम.डी.पी. के माध्यम से रक्षा के क्षेत्र में भारत ने देशज मिसाइल विकास कार्यक्रम के संबंध में अनेक रुकावटों का सामना किया, क्योंकि अनेक क्षेत्रों ने इस प्रौद्योगिकी को नकारा था। उदाहरण के लिए, भारत जैसे विकासशील राष्ट्रों पर विकसित राष्ट्रों द्वारा एम.टी.सी.आर. लगाया गया। इस प्रतिबंध लगाने का प्रयोजन यह था कि विकासशील देश घटिया स्तर के प्रौद्योगिकीय उत्पाद खरीदते रहें। हमारी टीम ने इन बाधाओं को तोड़ा तथा शैक्षणिक

संस्थाओं, अनुसंधान और विकास संगठनों तथा उद्योगों के नेटवर्क का इस्तेमाल करते हुए मिसाइल विकास और उत्पादन में आत्मनिर्भरता हासिल करने के लिए अथक श्रम किया। इसलिए हमें मिसाइल परियोजनाओं के लिए अति महत्त्वपूर्ण प्रौद्योगिकी के विकास में सफलता मिली। इस पुस्तक में संवेदनशील प्रौद्योगिकी विकास क्षेत्र में कतिपय अनुभव बताए गए हैं, ताकि यह जाना जा सके कि हमने किस प्रकार से कामयाबी हासिल की।

भारत ने कतिपय मिशन मोड परियोजनाओं में महत्त्वपूर्ण प्रगति की है। इस क्षेत्र में भारत के मानव संसाधन महत्त्वपूर्ण या आधारभूत कारक सिद्ध हुए हैं। विशेष तौर पर अनेक प्रौद्योगिकी क्षेत्रों में बुनियादी रूप में महत्त्वपूर्ण भूमिका निभाई गई है। उच्च प्रौद्योगिकी क्षेत्रों में वैश्विक वृद्धि के साथ-साथ गति बनाए रखने के लिए आवश्यक है कि उन्नत प्रबंधन पद्धतियाँ अपनाई जाएँ। संश्लेषण और ज्ञान के आदान-प्रदान के माध्यम से उच्च प्रौद्योगिकी परियोजनाओं में संस्थाओं और संगठनों के मिले-जुले प्रयासों से उत्कृष्टता आई है। उत्पादों के देशज विकास के अलावा परस्पर सहयोग और संयुक्त उद्यमों ने अति महत्त्वपूर्ण प्रौद्योगिकियों के विकास और प्रणालियों के उत्पादन में मदद की है। इस बहुमुखी दृष्टिकोण से यथासंभव कम-से-कम समय के भीतर महत्त्वपूर्ण प्रौद्योगिकियों के विकास में ही मदद नहीं मिली है, बल्कि आर्थिक वृद्धि की ओर उन्मुख नए उत्पादों के विकास के नए आदान भी खुले हैं। रूसी फेडरेशन के साथ संयुक्त उद्यम (जे.वी.) के जरिए अत्यधिक उन्नत सुपरसोनिक मिसाइल 'ब्रह्मोस' विकसित की गई। इस मिसाइल की सफलता के लिए शक्ति और विशेषज्ञता की दृष्टि से भारत और रूस की सरकारों, प्रशासकों, वैज्ञानिकों, तकनीशियनों, सशस्त्र सेनाओं ने मिलकर योगदान दिया। उत्पाद की दृष्टि से, नेतृत्व की दृष्टि से यह

प्रयास अनूठा रोल मॉडल बन गया तथा इस प्रकार से विश्व में भारत और रूस प्रमुख प्रतिस्पर्धावाले राष्ट्र के रूप में उभरे।

पूरे विश्व में ऐसी प्रौद्योगिकी में महत्त्वपूर्ण प्रगति हुई है, जिनसे मानव जीवन में बदलाव आया है, जैसे—इलेक्ट्रॉनिक्सऔर संचार मिश्र, गुप्त एवं मेटा पदार्थों सहित उन्नत सामग्री एमरो स्पेस प्रौद्योगिकी, ऊर्जा की डिवाइस, स्वास्थ्य देखभाल, जैव प्रौद्योगिकी आदि। आधुनिक शास्त्रों, सटीक एवं बहु प्रयोजनीय मिसाइल सिस्टम के विकास, युद्ध-सामग्री के लिए अधुनातन इलेक्ट्रॉनिक्स सामान उच्च प्रभावशाली बारूद एवं विस्फोटक पदार्थ, छोटे शस्त्रों के उच्च प्रदर्शन जल एवं थल वाहनों, अत्यधिक प्रभावशाली राडार और सोनार आदि से रक्षा के क्षेत्र में विज्ञान और प्रौद्योगिकी की गति में तेजी आई है। जैव विज्ञान, रासायनिक विज्ञान और फार्मास्यूटिकल के अनुसंधान और विकास क्षेत्रों में क्रांतिकारी परिवर्तन हुए हैं। परिणामस्वरूप अब कम मूल्य पर जीवन रक्षक दवाएँ बाजार में उपलब्ध हैं। हाल ही में नैनो विज्ञान और प्रौद्योगिकी के क्षेत्र में हुए विकास के कारण ही स्वास्थ्य देखभाल, पर्यावरण ऊर्जा और रक्षा क्षेत्र में इन प्रौद्योगिकियों का अनुप्रयोग बढ़ा है। नैनो प्रौद्योगिकी परस्पर अन्य विधाओं या क्षेत्रों से जुड़ी है। अपनी इस प्रकृति के कारण यह प्रौद्योगिकी सर्वतोन्मुखी या बहूपयोगी बन गई है। लघु नैनो डिवाइस तथा सेंसर की वजह से यह केवल ओषधि डिलीवरी सिस्टम के रूप में ही प्रयुक्त नहीं की जाती, बल्कि यह हृदय रोग, कैंसर, पार्किन्सन रोग तथा अनेक अन्य मानव विकारों के इलाज में भी इस्तेमाल होगी। नैनो प्रौद्योगिकी में ऊर्जा क्षेत्र तथा जल संसाधन प्रबंधन की अनेक भावी संभावनाएँ निहित हैं। स्वच्छ एवं हरित ऊर्जा का उत्पादन यह सभी वैज्ञानिकों और प्रौद्योगिकीविदों का लक्ष्य होना चाहिए। कार्बन नैनो ट्यूब आधारित सौर तथा ईंधन सेल (ऊतक) से कम महँगी हरित ऊर्जा

का उत्पादन होगा। फ्यूज़व प्रौद्योगिकी के माध्यम से हीलीयम 3 (He-3) वि (Fission) प्रौद्योगिकी के जरिए यूरेनियम के स्थान पर भावी ऊर्जा संपन्न संसाधन हो गया। चंद्रमा और मंगल ग्रह पर He-3 प्रचुर मात्रा में पाया जाता है। इस दिशा में प्रयासरत विद्वानों के समक्ष चौंकानेवाले परिणाम सामने आएँगे। अब वह दिन भी दूर नहीं, जब चंद्रमा पर खनन उद्योग स्थापित किया जा सकेगा, ताकि पृथ्वी पर मनुष्यों का जीवन बेहतर हो सके।

नवीन प्रौद्योगिकी के ये कुछ ऐसे उदाहरण हैं, जिनसे भविष्य उज्ज्वल होगा तथा मानव जाति सबल होगी। भारत को इन प्रौद्योगिकियों के विकास के अवसर का लाभ उठाना चाहिए तथा उसे औद्योगिक रूप से विकसित राष्ट्रों के समकक्ष 'विकसित राष्ट्र' बनना होगा। लेकिन अनेक लोगों के मन में यह प्रश्न उठता है कि क्या भारत विकसित राष्ट्र बनेगा? यह ऐसी हीन मनोग्रंथि का परिणाम है, जो बरसों से उस समय से पनपती रही, जब हम विदेशी हुकूमत के गुलाम थे। अब समय आ गया है, भारत के युवाओं को इस नैराश्य भाव से ऊपर उठकर विश्व को यह संदेश देना होगा कि हम ज्ञान शक्ति से संपन्न हैं। हमें आत्मविश्वास तथा अदम्य उत्साह एवं ओज की भावना से ओत-प्रोत होकर भारत को एक विकसित राष्ट्र के रूप में उभरने का सपना साकार करना होगा।

भारत के प्रत्येक युवा को कर्म-शक्ति के बल पर विश्व के इतिहास में अपना अनूठा स्थान बनाना होगा। इतिहास में कायरों एवं संकीर्ण सोचवालों के नाम नहीं लिखे जाते। यदि व्यक्ति के उच्च्च विचार हैं, उसमें साहस हैं, उसका कोई स्वप्न है, वह कोई नई खोज करता है या महान् परियोजना पर कार्य करता है, तभी विश्व के इतिहास में उसका नाम सुनहरे पन्नों पर लिखा जाता है।

यह पुस्तक विज्ञान और प्रौद्योगिकी के क्षेत्र में भारत की प्रगति में

आमुख

अग्रसर युवा शक्ति के लिए लिखी गई है। इसमें ऐसे उदीयमान अवसरों को उजागर किया गया है, जिनसे भारत विश्व के शीर्ष राष्ट्रों में अपना स्थान बना पाएगा। प्रौद्योगिकी में उन्नति से देश की आर्थिक स्थिति में अद्‌भुत रूप से सुधार आता है। औद्योगिक रूप से विकसित देश इस तथ्य को समझ चुके हैं। यदि हम भी यह समझ लेते हैं तो हम विश्व के लीडर्स की श्रेणी में आ जाएँगे। इस पुस्तक का लक्ष्य युवा मन को जाग्रत् करने, ऐसी महत्त्वपूर्ण प्रौद्योगिकी को समझने तथा उसका इस्तेमाल करने के लिए कुछ नूतन विचारों को व्यक्त करना है, जिनसे भावी भारत पर इसका प्रभाव पड़ेगा तथा यह प्रवृत्ति और सोच प्रसिद्ध होगी और यही है असली 'मिशन इंडिया'।

—डॉ. ए.पी.जे. अब्दुल कलाम

—डॉ. ए. शिवताणु पिल्लै

आभार

इन लेखकों ने राष्ट्रीय एवं अंतरराष्ट्रीय सेमिनारों और अन्य फोरम पर प्रस्तुतियाँ दी हैं। आपके प्रौद्योगिकीय प्रयोगशालाओं में अपने दौरों के दौरान महत्त्वपूर्ण विचार प्रस्तुत किए तथा पिछले कुछ वर्षों के दौरान विशेषज्ञों के साथ चर्चा-परिचर्चा की तथा 'विकसित भारत के विजन' पर अपनी सोच अभिव्यक्त की। यह पुस्तक इन भिन्न-भिन्न अवसरों पर दी गई अनेक प्रस्तुतियों, प्रमुख अभिभाषणों तथा व्याख्यानों का परिणाम है। लेखक सभी राष्ट्रीय और अंतरराष्ट्रीय संगठनों, वैज्ञानिक समुदाय का आभार व्यक्त करते हैं, जिनकी वेबसाइट पर उपलब्ध नवीनतम प्रौद्योगिकीय उपलब्धियों का डेटा व विश्लेषण उपयोगी सिद्ध हुआ और वर्तमान पुस्तक में इस सूचना का उल्लेख किया गया है।

हम सौभाग्यशाली हैं कि हमें सरकारी मंत्रालयों, कृषि, परमाणु ऊर्जा, अंतरिक्ष, रक्षा अनुसंधान और विकास, पृथ्वी विज्ञान, जैव प्रौद्योगिकी, सूचना प्रौद्योगिकी और दूर संचार, नवीन एवं अक्षय ऊर्जा विज्ञान और प्रौद्योगिकी, रसायन और उर्वरक के विभिन्न विभागों/संगठनों तथा विश्वविद्यालयों, आई.आई.टी., एन.आई.टी. और आई.आई.एस.सी. से बहुमूल्य जानकारी मिली। इन्होंने अपने-अपने क्षेत्रों में हुए प्रौद्योगिकीय विकास से संबंधित नवीनतम एवं महत्त्वपूर्ण जानकारी दी।

मेजर जनरल (सेवानिवृत्त) आर. स्वामीनाथन श्री वी. पोनराज, श्री सृजन पाल सिंह, श्री वाई.एस. राजन, दूसरो श्री डी. नारायणमूर्ति तथा श्री धनश्याम शर्मा, श्री आर.के. प्रसाद, श्री एच. शेरिडन तथा डी.आर.डी.ओ., इसरो, डी.ए.ई., और ब्रह्मोस टीम, ब्रह्मोस ज्ञान केंद्र ने अमूल्य सुझाव व जानकारी दी है। हम डॉ. मयंक द्विवेदी, श्री के. हरिहरन, श्री प्रवीण पाठक और श्री रोहन मिश्र को विशेष रूप से धन्यवाद देते हैं, जिन्होंने पुस्तक तैयार करने में अपना योगदान दिया। हम सभी के प्रति आभार व्यक्त करते हैं।

—डॉ. ए.पी.जे. अब्दुल कलाम

—डॉ. ए. शिवताणु पिल्लै

प्रस्तावना

"प्रौद्योगिकी का आर्थिक स्पर्धा और सामाजिक समृद्धि के क्षेत्र में आनेवाले मूलभूत बदलाव पर प्रभाव पड़ता है।"

प्राचीन काल से लेकर आज तक विज्ञान और प्रौद्योगिकी के क्षेत्र में भारत की अनूठी परंपरा रही है। इस परंपरा में मानव ज्ञान की समस्त शाखाएँ एवं कार्य-कलाप समाहित हैं। चाहे गणित, खगोल, भौतिकी, रसायन-शास्त्र, चिकित्सा-विज्ञान हो या शल्य-चिकित्सा और ललित कला हो। यह ऋषि-मुनियों का देश है, जहाँ अनेक विद्वानों और वैज्ञानिकों ने जन्म लिया है। कंप्यूटर विज्ञान की बाइनरी प्रणाली, दशमलव पद्धति, पाई और शून्य की भारत ने खोज की है। गणित के क्षेत्र में यह महान् उपलब्धि रही है। पाँचवीं शती ईसा पूर्व वराहमिहिर ने खोज की थी कि पृथ्वी गोल है तथा भूमध्य रेखा पर पृथ्वी की परिधि 40,350 कि.मी. और व्यास 12,845 कि.मी. है। उनकी यह गणना आधुनिक स्वीकृत डेटा के आसपास है। यह खोज खगोल विद्या के अनुसंधान का आधार है। इसी सदी में आर्यभट्ट ने पृथ्वी की परिक्रमा के सिद्धांत का प्रतिपादन किया तथा सर्वप्रथम सर आइजक न्यूटन से आधी सहस्राब्दी पहले गुरुत्वाकर्षण का पता लगाया। प्राचीन भारतीय विद्वानों का विज्ञान

क्षेत्र में अमूल्य योगदान रहा है। इसके अलावा, भारत ने सिंधु घाटी सभ्यता के जरिए सभ्यता के उद्भव और विकास में व्यापक योगदान दिया। इतिहास इस बात का साक्षी है कि भारत पुनः ज्ञान और प्रौद्योगिकी के क्षेत्र में सर्वोत्कृष्ट स्तर या पराकाष्ठा को छू सकता है।

आज, हम यह अनुभव करते हैं कि भारत ने वैश्विक स्तर पर विज्ञान और प्रौद्योगिकी के विभिन्न क्षेत्रों में सफलता अर्जित की है। सरकार द्वारा प्रायोजित विभिन्न क्षेत्रों में वैज्ञानिक और तकनीकी अनुसंधान कार्यों के विशिष्ट क्षेत्रों में वैज्ञानिक और तकनीकी अनुसंधान कार्यों के विशिष्ट परिणाम आने लगे हैं। अब भारत ने भौतिकी, मॉलिक्यूलर जीव विज्ञान, क्रिस्टेलोग्राफी, अनुप्रयुक्त सॉफ्टवेयर, क्रिप्टोग्राफी, भारी जल रिएक्टर, विस्फोटक पदार्थ उन्नत कंपोजिट, सेंसर्स, वायुमंडलीय रि–एंट्री प्रौद्योगिकी, सुपरसोनिक क्रूज मिसाइल, रोबोट विज्ञान, वैज्ञानिकी इलेक्ट्रॉनिक युद्ध सामग्री आदि में भी विशेषज्ञता हासिल कर ली है। इसके अलावा, नैनो टेक्नोलॉजी, फ्यूजन ऊर्जा, फोटोनिक्स, कृत्रिम बुद्धि, हाइपरसोनिक आदि में भी अनुसंधान कार्य चल रहा है। शिक्षित युवाओं के माध्यम से बड़ी संख्या में वैज्ञानिक प्रतिभाएँ उभरकर सामने आ रही हैं, जिससे राष्ट्र का सतत विकास सुनिश्चित होगा।

ग्लोबल विश्व में राष्ट्र की प्रतिस्पर्धा प्रमुख अपेक्षा है। प्रतिस्पर्धा में आगे बढ़ने तथा आर्थिक क्षेत्र में सर्वोत्कृष्ट स्थान पाने के लिए निष्पादन, गुणवत्ता, लागत तथा आवश्यकता पड़ने पर उपलब्धता की दृष्टि से नेतृत्व शक्ति का सबल साधन यह प्रौद्योगिकी ही है। इसीलिए उच्च टेक उत्पादन में भारत की हिस्सेदारी प्रौद्योगिकी निर्यात से मूल्य वृद्धि पर अधिक बल दिया जा रहा है। इससे भारत उदीयमान ग्लोबल अर्थव्यवस्था में प्रमुख खिलाड़ी होगा। बढ़ती अवसंरचना और कुशल

प्रस्तावना

मानव संसाधन विकास के साथ भारत अनेक क्षेत्रों में सतत विकास की बुलंदी छुएगा। आर्थिक मानकों के विकास तथा मानव संसाधन के उच्च स्तर तक पहुँचने के लिए मूल्य आधारित शिक्षा एवं कौशल विकास अनिवार्य हैं, ताकि भारत विश्व के पाँच शीर्ष देशों की श्रेणी में आ सके तथा 'विकसित भारत' का दर्जा पाने का मार्ग प्रशस्त हो सके।

इस पुस्तक में दस अनूठी प्रौद्योगिकियों पर विचार किया गया है, जो प्रतिस्पर्धा तथा ग्लोबल मान्यता का भावी आधार हैं। तेजस्वी युवा मन इन पर विचार-विमर्श करके राष्ट्र को ग्लोबल नेतृत्व का स्थान दिलाने में योगदान देंगे। ये प्रौद्योगिकियाँ ऊर्जा में आत्मनिर्भरता, सभी के लिए पेयजल, स्वच्छ पर्यावरण, गुणवत्तापूर्ण स्वास्थ्य सेवा, सुरक्षा एवं मजबूत रक्षा संबंधी भावी आवश्यकताओं का समाधान है।

अनुक्रम

मिशन इंडिया

भारत की समृद्धि की तीन अवस्थाएँ

भारत का दो सहस्त्राब्दियों तक का गौरवमय इतिहास रहा है, जहाँ सभ्यता, संस्कृति, ज्ञान और धर्म फला-फूला। साथ ही, यह भूमि अनेक देशों तक ज्ञान का प्रकाश फैला रही थी। वह भारत की पहली अवस्था थी।

इसके बाद भारत में दूसरी अवस्था आई। यह उथल-पुथल का दौर था। इस अवधि में विदेशी हमलों तथा बढ़ती आबादी के कारण देश की प्रगति का मार्ग अवरुद्ध हो गया। फिर भी, ब्रिटिशों की नजरों में भारत महान् था। 2 फरवरी, 1835 को ब्रिटिश संसद् में लॉर्ड मैकाले के उद्धरण में यह तथ्य सिद्ध हो जाता है। इसमें उन्होंने कहा है कि "भारत समृद्ध देश है। यदि हम भारतीयों को यह सोचने पर मजबूर कर दें कि विदेशी एवं अंग्रेज संस्कृति व सभ्यता श्रेष्ठ है, उनसे बढ़कर है तो वे अपना स्वाभिमान खो देंगे। अपनी मूल संस्कृति को भूलकर वे वैसे ही बन जाएँगे जैसा हम चाहते हैं।"

तीसरी अवस्था 15 अगस्त, 1947 से आरंभ हुई। अब भारत के पास कुशल युवा, गतिशील अर्थव्यवस्था एवं प्रौद्योगिकीय उत्कृष्टता थी तथा यहाँ पर भरपूर अवसर मौजूद थे। लेकिन यहाँ का युवा वर्ग गरीबी,

निरक्षरता, भ्रष्टाचार और अस्थायी आर्थिक मंदी से जूझ रहा था। लेकिन टेक्नोलॉजी विजन 2020 जैसे सुनिश्चित मिशनों से भारत विकसित देश बन सकता था। यही हमारा मिशन है।

विकसित भारत

भारत को विशिष्ट उपलब्धियाँ प्राप्त करने के लिए हमारा मिशन भारत को एक विकसित राष्ट्र में बदलना है। इस दृष्टि से तैयार टेक्नोलॉजी विजन, 2020 के पाँच मुख्य क्षेत्र हैं—(i) कृषि तथा खाद्य प्रक्रमण, (ii) शिक्षा और स्वास्थ्य, (iii) सूचना एवं संचार प्रौद्योगिकी, (iv) बुनियादी ढाँचा विश्वसनीय तथा गुणवत्तापूर्ण इलेक्ट्रिक पावर, भू-परिवहन तथा देश के सभी भागों के लिए बुनियादी सुविधाएँ 'पुरा' (PURA) और (v) अति महत्त्वपूर्ण प्रौद्योगिकी में आत्मनिर्भरता। ये क्षेत्र परस्पर संबद्ध हैं तथा एकीकृत रूप में प्रगति से समग्र राष्ट्र की प्रगति एवं विकास का मार्ग प्रशस्त होगा

भारत को ग्रामीण तथा शहरी बुनियादी संरचना, गुणवत्तापूर्ण शिक्षा, स्वास्थ्य सेवा, पर्यावरण उन्नयन, कल्याण हेतु सार्वजनिक संस्थाओं को जीवंत बनाने, समय पर अनिवार्य जन-सेवाओं की आपूर्ति, बेहतर वैश्विक एकीकरण के लिए वित्तीय प्रणाली में सुधार, अनुकूल विनियामक प्रणाली के माध्यम से सतत विकास पर फोकस होना होगा।

भारत का वर्तमान आर्थिक परिवेश

मार्च 2012 की विश्व बैंक की रिपोर्ट के अनुसार, वैश्विक आर्थिक स्थिति नाजुक है। बाजार क्षेत्र में काफी अनिश्चितताएँ विद्यमान हैं। उच्च आयवाले देशों में वर्ष 2012 में 1.4 प्रतिशत वृद्धि की आशा थी। विकासशील देशों की औसतन दर 5.4 प्रतिशत तक गिर गई। इससे मंदी

की स्थिति प्रतिबिंबित होती है। भारत की 6 प्रतिशत के आसपास यह आर्थिक स्थिति आने वाले वर्षों में और भी कम हो जाएगी।

विकसित देशों की अर्थव्यवस्था भी निराशाजनक है तथा बेरोजगारी की समस्या के कारण यह स्थिति बदतर होने की संभावना है। उच्च आय वाले यूरोपीय देशों को भी गहराते संकट का सामना करना पड़ रहा है। हालाँकि विकासशील देश भी आर्थिक मंदी झेल रहे हैं, लेकिन वृद्धि का स्तर नकारात्मक नहीं है। जबकि विकसित देशों में ऐसा है। भारतीय अर्थव्यवस्था वर्ष 2008 तक 9 प्रतिशत प्रतिवर्ष की दर से बढ़ रही थी। लेकिन वैश्विक आर्थिक अनिश्चितता से यह अछूती नहीं थी। फिर भी यह दर 7 प्रतिशत बनी रही। भारत के अनेक वित्तीय विशेषज्ञ महससू करते हैं कि भारतीय अर्थव्यवस्था पर विश्व के वित्तीय संकट का कम प्रभाव पड़ा है। आनेवाले वर्षों में हम वित्तीय कठिनाइयों पर काबू पा लेंगे। ऑटोमोबाइल सीमेंट फार्मा, आई.सी.टी. तथा वित्तीय सेवाओं जैसे क्षेत्र काफी फल-फूल रहे हैं। सरकार और बिजनेस लीडर की दृष्टि में भारत अंततः महान् राष्ट्र के रूप में अपना सपना साकार करने के लिए तैयार है।

नव विचारों की आवश्यकता

राष्ट्र को विशिष्ट स्थिति हासिल करने के लिए नए विचारों की जरूरत है। हमें याद रखना होगा कि राष्ट्र के सामने विविध चुनौतियाँ हैं तथा सभी राष्ट्र इन्हें झेल रहे हैं। हमें सीमा पार से सहयोग की भी जरूरत है। ज्वलंत मुद्दों के समाधान तथा प्रौद्योगिकीय जटिलताओं को सुलझाने के लिए अनुसंधान, विकास और व्यावहारिक क्षेत्रों में गहन सहयोग की जरूरत है। हमें भूकंप, चक्रवात, बाढ़ तथा अकाल जैसे प्राकृतिक प्रकोप को मिलकर समझने तथा बचने की जरूरत है। भारत

का युवा वर्ग विकास की प्रक्रिया में योगदान के लिए उद्यत है। आवश्यकता इस बात की है कि हम उन्हें वैश्विक स्तर पर उच्च शिक्षा के कौशल अर्जित करने योग्य बनाएँ।

शिक्षा की बदलती प्रणाली–सभी के लिए

मूल्य-आधारित शिक्षा

हमें मूल्य आधारित मानव संसाधन के विकास तथा उद्यमिता पर फोकस होने की आवश्यकता है, ताकि प्रबुद्ध नागरिक तैयार हो सकें। हमें मूल्य-आधारित शिक्षा की जरूरत होगी, जहाँ पढ़ाई बीच में छोड़ने की प्रवृत्ति पर रोक लगे। एम.आर. राजू, अजीम प्रेमजी, शिव नादर तथा अन्यों ने मूल्य शिक्षा का मॉडल विकसित किया है, ताकि स्कूल छोड़नेवाले बच्चों की तादाद में कमी आए। इन मॉडलों से यह जानकारी मिलती है कि तीन वर्ष की उम्र से बच्चे को शिक्षा के लिए तैयार करने की आवश्यकता है तथा रचनात्मक प्रौद्योगिकी के जरिए स्कूल में सीखने की प्रक्रिया में तेजी लानी होगी। इससे बच्चे आजीवन कुछ-न-कुछ सीखते रहेंगे। टेली शिक्षा प्रौद्योगिकी में सुधार से दूरवर्ती गाँवों में भी गुणवत्तापूर्ण शिक्षण सुविधा पहुँच रही है। ग्रामीण पंचायत ज्ञान केंद्र के गठन से शिक्षा को बढ़ावा मिलेगा, वैश्वीकरण से प्रत्येक व्यक्ति को अपने कौशल पर फोकस होना चाहिए, ताकि वे विश्व के किसी भी कोने में कुशल कार्यबल का हिस्सा बन सकें।

सृजनात्मकता को बढ़ावा

प्रतिस्पर्धा के दौर में राष्ट्र को ज्ञानवान, कुशल तथा साधन-संपन्न लोगों की जरूरत है। समाज ज्ञान के युग की ओर बढ़ रहा है, अत: युवाओं को मूल्य-आधारित उत्कृष्ट शिक्षा प्रणाली चाहिए। प्राइमरी स्कूल

से ही बच्चों में रचनात्मक मन-मस्तिष्क विकसित करना होगा। आज राष्ट्र अधिकाधिक परस्पर आश्रित होते जा रहे हैं तथा विभिन्न देशों में भारतीय बच्चों के लिए अवसर मौजूद हैं। शिक्षा प्रणाली प्राइमरी स्तर से ही बदलनी होगी, ताकि विश्व स्तर की रचनात्मक मनोवृत्ति विकसित हो सके।

मूल्य, आधारित शिक्षा तथा रचनात्मकता से निश्चित रूप में छात्रों के बीच अनुसंधान और विकास का माहौल तथा संस्कृति का विकास होगा। वे उच्च अध्ययन की ओर उन्मुख होंगे। अनुसंधान तथा विकास किसी भी उत्पाद के विकास का महत्त्वपूर्ण घटक है। इसी प्रकार से, विभिन्न देशों की बहुराष्ट्रीय कंपनियाँ उच्च प्रौद्योगिकी के उत्पाद विकसित कर रही हैं। ऐसे देश की भी उन्हें तलाश रहती है, जहाँ वे न्यूनतम लागत पर अपनी अनुसंधान और विकास प्रयोगशालाएँ स्थापित कर सकती हैं। अनुसंधान और विकास प्रयोगशालाएँ खोलने के लिए भारत ऐसा ही देश है। भारत ज्ञान का हब बन रहा है, अत: ऐसी स्थिति के लायक बनने के लिए छात्रों के बीच रचनात्मकता तथा अनुसंधान एवं विकास कार्य का माहौल सृजित करके इस स्थिति का लाभ उठाने का उपयुक्त समय है। जैव प्रौद्योगिकी नैनो प्रौद्योगिकी तथा रोबोट विज्ञान एवं कृत्रिम बुद्धि, एयरोनॉटिक्स, नाभिकीय विज्ञान, फोटोनिक्स, सेंसर्स, स्मार्ट संरचनाओं में भारतीय अनुसंधान और विकास संस्था में उच्च प्रौद्योगिकी सिस्टम और उत्पादों के विकास के लिए रचनात्मक मन-मस्तिष्क की आवश्यकता होगी।

अनुसंधान-अध्यापन-अनुसंधान

आज भारतीय विश्वविद्यालयी शिक्षा में प्रतिस्पर्धा का माहौल होना चाहिए, जहाँ अनुसंधान और अध्यापन एकीकृत हों। भारत में अनेक

आई.आई.टी., एन.आई.टी. विश्वविद्यालय हैं, जहाँ कला, वाणिज्य, मानविकी, विज्ञान, इंजीनियरिंग और मेडिकल विषय पढ़ाए जाते हैं। छात्र कितना सीख पाते हैं, यह उनकी अभिवृत्ति तथा नवाचार और कुछ नया करने की मनोवृत्ति पर निर्भर करता है। शैक्षिक संस्थाओं में ऐसा परिवेश अनुसंधान-अध्यापन-अनुसंधान से सृजित किया जा सकता है। उत्तम अध्यापन से अनुसंधान सृजित होता है। अध्यापकों में अनुसंधान के प्रति प्रेम तथा उनका अनुभव संस्थाओं तथा छात्रों की वृद्धि का आधार होता है। अनुसंधान कार्य के स्तर तथा विस्तार क्षेत्र से किसी विश्वविद्यालय के बारे में निर्णय लिया जाता है। इसीलिए शिक्षा-प्रणाली में सुधार उच्च गुणवत्तापूर्ण मानव संसाधन के लिए अनिवार्य है।

कृषि उत्पादन के लिए सहकारी ढाँचा : प्रक्रमण और विपणन

राष्ट्र के अनेक भागों में कृषि तथा उत्पादकता में वृद्धि हुई है। फिर भी, निम्नलिखित तकनीकें अपनाकर किसानों की अर्जन क्षमता बढ़ सकती है—नियमित ड्रिप-सिंचाई, वैज्ञानिक खेतीबाड़ी के साथ मल्टी-फसल उगाना, विश्वसनीय कृषि एवं खाद्य प्रक्रमण का आधारभूत ढाँचा तैयार करना, भू-जल की उपलब्धता में वृद्धि, निरंतर ऊर्जा की उपलब्धता, ऐसी स्थिति में जवाबदेह कृषि सहकारिताओं का गठन किया जा सकता है, जिससे कृषिगत एवं कृषि-प्रक्रमित उत्पाद की आयोजना, प्रबंधन और मार्केटिंग के लिए व्यावसायिक घराने के रूप में सामूहिक बुद्धिमत्ता सृजित होगी। इससे सुनिश्चित वर्ष भर कारोबार के साथ किसान अधिकाधिक आय अर्जित करते रहेंगे। ऐसी सहकारिताओं की निम्नलिखित विशेषताएँ होंगी—

(क) प्रमुख कृषि केंद्रों में सहकारिताओं का गठन, जिसमें सरकार

एन.जी.ओ., परामर्शी सेवाएँ अनुसंधान और विकास संगठन तथा भागीदारों के रूप में जनता शामिल होगी।

(ख) सहकारी सोसाइटी से इनपुट देकर किसान मुनाफे में भागीदार होंगे।

(ग) अनुसंधान और विकास संगठन तथा कृषि विश्वविद्यालय गुणवत्तावाले कृषि उत्पाद तथा प्रौद्योगिकी अंतरण के लिए ज्ञान इनपुट तथा प्रशिक्षण दे सकते हैं।

(घ) सहकारिता समय पर किसानों को उत्तम बीज, उत्तम उर्वरक तथा कीटनाशी दवाएँ, महत्त्वपूर्ण बुनियादी सुविधाएँ, फसल का बीमा तथा मानसून आगमन, सूखे का सामना आदि जैसे तकनीकी मार्गदर्शन वित्तीय सहायता दे सकती है।

(ङ) सहकारिता समग्र कारोबार के परिरक्षण प्रक्रमण, विविधता लाने, गुणवत्ता आश्वासन, परिवहन विपणन तथा लाभप्रद ऑपरेशन के लिए जिम्मेदारी होगी।

(च.) अमून मॉडल, वरना, मॉडल के अनुसार किसानों तथा हितधारकों के हित की रक्षा के लिए सरकार सहकारिता को सुचारु एवं पारदर्शी ढंग से चलाने के लिए नीति फ्रेमवर्क तैयार कर सकती है।

इसके साथ-साथ ग्रामीण क्षेत्र में कृषि से इतर लाभप्रद कारोबार की दृष्टि से कृषि-इतर क्षेत्र में माइक्रो उद्यम को बढ़ावा देने हेतु सहकारिता का गठन विवेक-सम्मत होगा।

मूल क्षमता के रूप में ज्ञान शक्ति

चाहे मूर्त हो या अमूर्त, ज्ञान की हर रूप में महत्ता होती है। इससे युवा मन में जिज्ञासा उत्पन्न होती है, जिसके परिणामस्वरूप ज्ञान पिपासा

जाग्रत् होती है। आगे चलकर क्रिया-प्रतिक्रिया-अनुक्रिया की पूरी श्रृंखला बन जाती है। इससे ज्ञान का सशक्तीकरण होता है। ज्ञान सशक्तीकरण से अंतत: नए-नए ध्येयों की प्राप्ति होती है। भावी विश्व पर ज्ञान का ही वर्चस्व होगा। 21वीं सदी में भारत को उच्च शिक्षा प्राप्त प्रतिभाशाली युवा वर्ग की जरूरत है। इस आवश्यकता को ध्यान में रखते हुए हमारे विश्वविद्यालयों और शिक्षा-प्रणाली को युवाओं के दो कैडर की पूर्ति करनी होगी—कृषि, विनिर्माण तथा सेवा के लिए विशिष्ट ज्ञान-युक्त कुशल युवाओं का ग्लोबल काडर (2) अनुसंधान के लिए उच्च शिक्षा प्राप्त युवाओं का अन्य ग्लोबल काडर कहा जाता है कि "देश की बहुमूल्य संपत्ति लोगों के कौशल, स्वदेश तथा कल्पना-शक्ति है।" वैश्वीकरण से यह उक्ति और अधिक महत्त्वपूर्ण हो गई है, क्योंकि प्रत्येक व्यक्ति की विश्व स्तर की प्रौद्योगिकी तक पहुँच होगी तथा मूल विशिष्ट विशेषता प्रौद्योगिकी के सर्वोत्तम उपयोग के लिए कल्पना-शक्ति को व्यवहार में परिणत करने की जनसाधारण की योग्यता होगी।

राष्ट्र की मूल सक्षमताएँ

भारत महत्त्वपूर्ण जैव-विविधता से युक्त प्राकृतिक संसाधनों की प्रचुरता के लिए लोकप्रिय है। भारत के वनाच्छादन क्षेत्र में अंडमान निकोबार द्वीप-समूह के उष्णकटिबंध (Tropical) वर्षा वन, पश्चिमी घाट तथा पूर्वोत्तर भारत, हिमालय के शंकु वृक्ष वनों, मध्य एवं दक्षिण में सागौन के शुष्क पर्णपाती वन तथा मध्य दक्कनी एवं पश्चिमी गंगा के मैदान बबूल के काँटे के वन की विविधता समेटे हैं। वन क्षेत्र में अनेक जड़ी-बूटियाँ पाई जाती हैं। थल के अलावा महासागर में अनेक समुद्री प्रजातियाँ पाई जाती हैं। ये औषधियों में काम आती हैं। भारत सरकार ने 'महासागर से महत्त्वपूर्ण औषधियों का विकास' नामक राष्ट्रीय परियोजना

चलाई है। इसमें औषधियों में प्रयोग हेतु वनस्पति और प्राणि जगत् को इस्तेमाल में लाया जाएगा। तटवर्ती क्षेत्र जल परिवहन तथा पर्यटन, मत्स्य, जल-विलवणीकरण, गहरे समुद्र में खनन तेल निकालने, ऊर्जा उत्पन्न करने, औद्योगिक प्रयोग हेतु खान और खनिज में उपयोग होगा। इस ग्रह पर यह सबसे बड़ा और सर्वोत्तम सौर संग्राहक है, जो प्रतिदिन 250 अरब बैरल के बराबर ऊर्जा सोख सकता है। केरल के तट की रेत में विशाल टिटैनियम का कच्चा माल तथा थोरियम पाया जाता है, जो बहु क्षेत्रों में उपयोगी है।

राष्ट्रों की मूल क्षमताओं का नेटवर्क तथा विश्व ज्ञान का मंच तैयार करना

आज तेजी से बदलते विश्व में जरूरत है कि सभी देश परस्पर वृद्धि के लिए मिलकर कार्य करें। विश्व के सुदूर कोने में यदि कुछ भी घटित होता है तो उसके अन्य राष्ट्रों पर दूरगामी प्रभाव पड़ते हैं। कोई भी राष्ट्र अलग-थलग नहीं रह सकता। अत: आनेवाले कल के लिए यह आवश्यक है कि राष्ट्र नेटवर्क बनाकर अपने संसाधनों और इनपुट का आदान-प्रदान करें। इससे रोजगार के अवसर, मुक्त व्यापार क्षेत्रीय साझा मुद्रा तथा प्रतियोगी बाजार अर्थव्यवस्था को बढ़ावा मिलेगा।

वैश्विक प्रतिस्पर्धा

अपेक्षित क्षमता का निर्माण तीन कारकों पर निर्भर करता है—डिजाइन तथा विकास, विनिर्माण और निर्माण के पश्चात् सेवा प्रदान करना। अति महत्त्वपूर्ण प्रौद्योगिकी के विकास में सेवाएँ प्रदान करना महत्त्वपूर्ण कारक बन गया है। यदि यह विशिष्ट क्षेत्र प्रौद्योगिकी आयात के क्षेत्र में आता है तो और अधिक प्रयास करने होंगे। डिजाइन और

विकास हमेशा प्रौद्योगिकी प्रोसेसर के क्षेत्र में आता है। अत: यहाँ लागत, प्रभावी उच्च गुणवत्ता तथा श्रेष्ठतर निष्पादनवाले उत्पाद को वरीयता दी जाती है। देशज अनुसंधान व विकास क्षमताएँ होने पर व्यक्ति उत्पाद में सुधार कर सकता है तथा ऐसे माहौल में प्रौद्योगिकी की श्रेष्ठता बरकरार रहती है, जहाँ प्रौद्योगिकी न जाने कब पुरानी हो जाए। इसलिए डिजाइन विकास प्रतिस्पर्धा की कुंजी है।

संयुक्त उद्यमों द्वारा उत्पाद प्रतिस्पर्धा

अनेक राष्ट्र मिलकर मूल क्षमताओं के साथ सर्व कल्याण हेतु साझा विकास कर सकते हैं। इसका सर्वश्रेष्ठ उदाहरण भारत एवं रूस द्वारा संयुक्त रूप से विकसित 'ब्रह्मोस' मिसाइल है। अन्य उदाहरण अफ्रीकी राष्ट्रों के नेटवर्क (पैन अफ्रीकी ई-नेटवर्क) समाज के कल्याण के क्षेत्र योगदान देते हुए प्रगति कर रहा है।

आदर्श रूप में भारत विकसित राष्ट्रों के साथ संयुक्त उद्यमों द्वारा उच्च प्रौद्योगिकी के उत्पाद और प्रणालियों का डिजाइन तैयार कर सकता है, विकसित कर सकता है तथा इनका उत्पादन कर सकता है। अंतराल पाटने की दिशा में प्रौद्योगिकी विकास की गति बहुत तेज है। वे दिन चले गए, जब हम घरेलू स्तर पर प्रत्येक उत्पाद विकसित कर रहे थे। यदि हम इसी मार्ग पर चलते रहे तो पिछड़ जाएँगे। अत: प्रौद्योगिकी सहयोग से बिजनेस में दूरगामी सोच विकसित होने में मदद मिलेगी तथा संगठनों की नवाचार की गति तीव्र होगी और बाजार में प्रतिस्पर्धा का लाभ मिलेगा। जब संगठन परस्पर जुड़ जाते हैं तो संगठनों की मूल क्षमताएँ भी मिलेंगी और इसके परिणामस्वरूप विश्व बाजार में उत्पाद प्रतियोगी बन जाएगा। अतएव नवाचार प्रौद्योगिकी में सहयोग से सामाजिक सुरक्षा का मार्ग प्रशस्त होगा।

अखिल (PAN) अफ्रीकी ई-नेटवर्क—अंतरराष्ट्रीय सामाजिक उत्तरदायित्व

वर्ष 2003-04 के दौरान अखिल अफ्रीकी ई-नेटवर्क बनाने का प्रस्ताव तैयार किया गया था। इसका प्रयोजन सतत एवं एकीकृत उपग्रह की सुविधा प्रदान करना था। यह फाइबर ऑप्टिक्स तथा बेतार नेटवर्क है, जिससे 53 अफ्रीकी देश जुड़े हुए हैं। अफ्रीकी संघ ने भारतीय पहल को अफ्रीकी देशों की आवश्यकताओं की पूर्ति से संबंधित सही परियोजना के रूप में स्वीकार किया।

इस परियोजना पर भारत की लगभग 10 करोड़ अमेरिकी डॉलर लागत आकलित की गई। इस परियोजना के साथ 12 विश्वविद्यालय (7 भारतीय तथा 5 अफ्रीकी), 17 सुपर स्पेशियलिटी अस्पताल (12 भारतीय और 5 अफ्रीकी), 53 टेली मेडिसिन केंद्र तथा 53 टेली-शिक्षा केंद्र अफ्रीका में जुड़ेंगे। यह नेटवर्क प्रमुखत: टेली-शिक्षा, टेली मेडिसिन, इंटरनेट वीडियो कॉन्फ्रेंसिंग और वी.ओ.आई.पी. सेवाएँ प्रदान करेगा। इस परियोजना में ई-गवर्नेंस, ई-वाणिज्य इन्फोटेनमेंट, संसाधन मैपिंग और मौसम विज्ञान संबंधी सेवाओं का भी समर्थन किया गया है। यह नेटवर्क अनेक विकासशील राष्ट्रों तथा समाज के आर्थिक व सामाजिक विकास पर व्यापक प्रभाव डालेगा।

नेतृत्व संबंधी विशेषताएँ

नैतिक मूल्यों एवं लोकाचार तथा मूल्य प्रणाली के साथ किसी देश को वैश्विक स्तर पर प्रतियोगी बनाने के लिए राष्ट्र का विकास आवश्यक है, जिससे राष्ट्र आर्थिक रूप से विकसित, समृद्ध, खुशहाल एवं शांतिमय बनेगा और बना रहेगा। इसके लिए राष्ट्र के शासन के प्रत्येक खंड में रचनात्मक नेतृत्व-शक्ति की जरूरत है।

किसी भी लीडर या नायक में निम्नलिखित विशेषताएँ होनी चाहिए—कल्पना- शक्ति सपना साकार करने का जुनून, नए रास्तों पर चलना, सफलता और विफलता में समभाव, निर्णय लेने का साहस, प्रबंधन-क्षमता, पारदर्शी ढंग से कार्य करना, समस्याओं पर काबू, निष्ठावान् विभिन्न क्षेत्रों में रचनात्मक लीडर की अनिवार्य विशेषताओं के आधार पर राष्ट्र विकसित देश हो सकता है। आज जरूरत इस बात की है कि युवाओं में यह भावना होनी चाहिए कि ''हाँ, मैं यह कर सकता हूँ, हम ऐसा कर सकते हैं, राष्ट्र ऐसा कर सकता है।''

ज्ञानपरक समाज में नेतृत्व की भूमिका

21वीं सदी का विश्व ज्ञान-आधारित समाज है, जहाँ भारत के सामने अनेक अवसर खुले हैं तथा हमें ज्ञानवान् व ज्ञान-पिपासु होना होगा। डेनिस वेटली की पुस्तक 'एंपायर्स ऑफ द माइंड' में अतीत और वर्तमान के विश्व की तुलना की गई है तथा इस पहलू पर विशेष बल दिया गया है कि अतीत बीत चुका है, वर्तमान ज्यादा महत्त्वपूर्ण है।

	कल	**आज**
1.	प्राकृतिक संसाधन ही शक्ति है।	ज्ञान ही शक्ति है।
2.	पदानुक्रम मॉडल था।	समरसता अनिवार्य है।
3.	लीडर आदेश देते हैं तथा नियंता होते हैं।	लीडर सशक्त बनाते हैं।
4.	शेयर धारक प्रमुख है।	उपभोक्ता प्रमुख हैं।
5.	कर्मचारी हुक्म बजाते हैं।	टीम निर्णय लेती है।
6.	वरिष्ठता-पद-हैसियत का पता चलता है।	रचनात्मकता से हैसियत बनती है।
7.	उत्पादन से उपलब्धता	प्रतिस्पर्धा ही कुंजी है।

	सुनिश्चित होती है।	
8.	मूल्य अतिरिक्त पहलू है।	मूल्य ही सब कुछ है।
9.	प्रत्येक व्यक्ति प्रतियोगी है।	प्रत्येक व्यक्ति उपभोक्ता है।
10.	तीव्र गति से मुनाफा कमाया जा सकता है।	पूरी निष्ठा से काम करके सफलता मिलती है।

राष्ट्रीय विकास और रचनात्मक नेतृत्व शक्ति में परस्पर संबंध

21वीं सदी के महत्त्वपूर्ण पहलुओं को ध्यान में रखते हुए रचनात्मक नेतृत्व शक्ति आवश्यक है। किसी राष्ट्र का आर्थिक विकास भी निश्चित रूप से रचनात्मक नेतृत्व शक्ति से जुड़ा है। सभी मिशन की कामयाबी के लिए सर्जनात्मक लीडर्स या नायकों का होना अनिवार्य है। अर्थात् ऐसा लीडर, जिसके पास कमांडर से कोच, प्रबंधक से सलाहकार (mentor), निदेशक से प्रतिनिधि दूसरों से सम्मान की चाह रखने की बजाय आत्मविश्वास प्रदाता में लीडर की भूमिका बदलने का स्वप्न हो, तभी हम उद्यम का मूल्य बढ़ा पाएँगे।

परिवर्तनशीलता

स्वावलंबन शाश्वत संपत्ति है। जब हम इस संपत्ति की कद्र करना शुरू कर देते हैं, समृद्धि भी आने लगती है। स्वावलंबन से किसी विशिष्ट पदार्थ या प्रणाली की पूर्ण जानकारी मिलती है। हम स्वयं अपने लक्ष्य निर्धारित करने लगते हैं। इससे हमारे प्रयासों में सामंजस्य आता है तथा अन्य लोग भी जुड़ने लगते हैं। लेकिन आज स्वावलंबन के आयाम बदल चुके हैं। वैश्वीकरण तथा मुक्त बाजार नीतियों के दौर में प्रौद्योगिकी तथा सिस्टम के विकास के लिए सहयोग और संयुक्त उद्यम राष्ट्रों की प्रमुख कार्य-नीतियाँ बन चुके हैं।

राष्ट्र की शक्ति मुख्यतः प्राकृतिक और मानव संसाधनों में निहित

है। प्राकृतिक संसाधनों में भारत के पास विशाल तटवर्ती रेखा तथा टिटेनियम, यूरेनियम आदि जैसे महत्त्वपूर्ण खनिज हैं। भारत समृद्ध जैव-विविधता तथा मानव संसाधनों की ज्ञान-आधारित मूल्य अभिवृद्धि का अर्थ होगा कि भारत मात्र कच्चे माल की बजाय परिष्कृत उत्पादों के निर्यात से अधिक आय अर्जित करेगा। व्यापार या राजनीतिक अथवा आर्थिक क्षेत्र हो, भारत की सकारात्मक सोच रही है तथा अन्य देशों के साथ मैत्रीपूर्ण संबंध हैं। फलती-फूलती अर्थव्यवस्था और अन्य देशों के साथ सुदृढ राजनीतिक संबंध के कारण भारत निश्चित रूप में वैश्विक खिलाड़ी बन रहा है। सभ्यता की विरासत और विशाल प्राकृतिक तथा मानव संसाधन, मिशन परियोजनाओं की मूल्य अभिवृद्धि तथा लॉन्चिंग, भोजन, स्वास्थ्य तथा सामाजिक सुरक्षा के अभीष्ट ध्येय, आर्थिक समृद्धि और राष्ट्रीय सुरक्षा प्राप्त की जा सकती है तथा विकसित राष्ट्र के रूप में भारत विश्व में समुचित स्थान प्राप्त कर सकता है।

निष्कर्ष

प्रत्येक व्यक्ति के लिए तथा राष्ट्र के लिए यह आवश्यक है कि वह अपनी शक्ति को पहचाने, उसे व्यवहार में लाए तथा जीवन बेहतर बनाने के लिए अपनी कमियों को भी पहचाने इस विचारधारा को ध्यान में रखते हुए राष्ट्र के हित में अनेक मूल क्षमताओं का उपयोग होगा। राष्ट्रों के बीच इन मूल क्षमताओं के एकीकरण या तादात्म्य से अनेक प्रौद्योगिकीय समाधानों के लिए विश्व ज्ञान-मंच तैयार होगा। संयुक्त उद्यम/सहयोग से नई प्रौद्योगिकी के संबंध में अनुसंधान किया जा रहा है, ताकि उपलब्ध शक्ति को व्यवहार में परिणत किया जा सके। प्रमुख प्रौद्योगिकी विषयों में देशज प्रयासों से भारत स्वाभिमानी बना है। इससे यह पता चलता है कि भावी भारत विज्ञान और प्रौद्योगिकी का प्रमुख केंद्र या हब होगा।

□

मिशन मोड कार्यक्रम और प्रौद्योगिकी

स्वतंत्रता के पश्चात् पं. जवाहरलाल नेहरू के नेतृत्व में भारत सरकार ने पंचवर्षीय योजनाओं के जरिए विकास कार्यक्रम आरंभ किए। इन योजनाओं के परिणामस्वरूप सकल घरेलू उत्पाद की वृद्धि दर बढ़ी। हाइड्रो इलेक्ट्रिक पावर तथा इस्पात संयंत्रों की स्थापना की गई, कोयले के उत्पादन में बढ़ोतरी हुई तथा बड़े पैमाने पर रक्षा संबंधी सार्वजनिक उपक्रम स्थापित किए गए। इसके अलावा, कृषि एवं उन्नत खाद्यान्न तथा दालों के उत्पादन पर बल दिया गया और चौथी पंचवर्षीय योजना के दौरान चौदह बैंकों का राष्ट्रीयकरण करने के साथ-साथ हरित क्रांति एवं उद्योग विकास का श्रीगणेश हुआ। पाँचवीं पंचवर्षीय योजना में रोजगार और गरीबी-उन्मूलन पर बल दिया गया तथा औद्योगिक उत्पादन-क्षमता में वृद्धि हुई। सरकार ने ऊर्जा उत्पादन के क्षेत्र में प्रवेश किया तथा राष्ट्रीय राजमार्ग (सड़क) सिस्टम स्थापित किया। इस अवस्था पर यह देश की महत्त्वपूर्ण उपलब्धि तथा अच्छी शुरुआत रही।

भारत में विज्ञान और प्रौद्योगिकी

'60 के दशक के आरंभ में भारत कोर क्षेत्रों में आत्मनिर्भरता हासिल करने की ओर अग्रसर हो चुका था। हरित क्रांति ने अन्न और

दालों की उच्च उत्पादन क्षमता की अनेक प्रौद्योगिकियों की खोज की, विकसित की, जिनके परिणामस्वरूप 24.16 करोड़ टन उत्पादन हुआ। ताप, जल, पवन तथा परमाणु ऊर्जा केंद्र के माध्यम से भारत ने 2,07,006 मेगावाट पावर उत्पादन क्षमता हासिल की। डी.आर.डी.ओ. द्वारा पेस++ तथा सी-डैक द्वारा 'परम' जैसे सुपर कंप्यूटर के विकास से भारत सुपर कंप्यूटर की दुनिया में शामिल हो गया। सूचना एवं संचार प्रौद्योगिकी की क्रांति से भारत को व्यापक स्तर पर उपलब्ध कुशल जनशक्ति का इस्तेमाल करते हुए आर्थिक + रिकवरी (Recovery) में मदद मिली। अंतरिक्ष और रक्षा कार्यक्रमों के परिणामस्वरूप भारत अति महत्त्वपूर्ण प्रौद्योगिकी के विकास में आत्मनिर्भर हुआ। यह वस्तु स्थिति है कि भारत का भविष्य विज्ञान और प्रौद्योगिकी क्षेत्र में होनेवाली उन्नति पर टिका है—विशेष तौर पर नैनो साइंस, मॉलिक्यूलर जीव-विज्ञान, पर्यावरण विज्ञान, फार्मास्यूटिकल्स एवं पदार्थ विज्ञान।

कृषि : हरित क्रांति

स्वतंत्रता-प्राप्ति से लेकर '60 के दशक के प्रारंभ तक पी एल 480 स्कीम के तहत भारत अमेरिका से खाद्यान्न मँगवाता था। सूखा एवं भोजन के अभाव की कटु स्मृतियों के कारण वर्ष 1970 में पहली हरित क्रांति का सूत्रपात हुआ। इस टीम का नेतृत्व प्रख्यात 'नोबेल पुरस्कार' विजेता डॉ. नॉर्मन बारलाग इस दिशा में डॉ. एम.एस. स्वामीनाथन तथा कृषि वैज्ञानिकों ने आनुवंशिकी इंजीनियरिंग में अर्जित कौशल का उपयोग किया तथा आवश्यकता-पूर्ति हेतु खाद्यान्न उत्पादन में किसानों ने भी महत्त्वपूर्ण योगदान दिया था।

राजनीतिक नेतृत्व शक्ति के साथ वैज्ञानिक नेतृत्व शक्ति मिलने से हमारे वैज्ञानिकों, अनुसंधानकर्ताओं तथा किसानों की क्षमता का विकास

हुआ, जिसके बलबूते पर हम दूसरी हरित क्रांति के मिशन का शुभारंभ कर पाए। वर्ष 2020 में भारत को तत्कालीन आबादी की भोजन की बुनियादी जरूरत पूरी करने के लिए 40 करोड़ टन खाद्यान्न का उत्पादन करना होगा। अन्न उत्पादन में वृद्धि की लक्ष्य-प्राप्ति में जल अभाव, शहरीकरण के कारण भूमि की कमी तथा कृषि श्रम शक्ति में कमी जैसी बाधाओं का सामना करना होगा। किसानों के साथ भागीदारी में हमारे कृषि वैज्ञानिक एवं प्रौद्योगिकीविदों को वर्तमान क्षमता की तुलना में तीन गुना अधिक प्रति हेक्टेयर औसतन उत्पादकता बढ़ानी होगी। इसी दिशा में आवश्यक प्रौद्योगिकी में क्षेत्रपरक बीज विकास कार्यक्रम की जरूरत है, जिससे पानी की कमी होने पर भी उच्च उत्पादन क्षमता, बहुल फसलों का आरंभ, उर्वरक प्रबंधन, फसल कटाई के पश्चात् भंडारण तकनीकों, खाद्य प्रसंस्करण, किसानों के मुनाफे को ध्यान में रखते हुए उपज की उपयुक्त मार्केटिंग तथा प्रभावी वितरण प्रणाली सुनिश्चित होगी।

दुग्ध उत्पादन

सन् 1949 में एक युवा इंजीनियर डॉ. वर्गीज कुरियन आणंद स्थित गवर्नमेंट क्रीमरी यूनिट में नियुक्त हुए थे। हालाँकि उस समय दूध के पाउडर की ज्यादा माँग नहीं थी, फिर भी सरकार भैंस के दूध से पाउडर बनाना चाहती थी। जबकि पूरा विश्व गाय के दूध से पाउडर बना रहा था और उस समय ऐसा माना जाता था कि सप्रेटा (स्किम्ड) दूध तथा पाउडर केवल गाय के दूध से बनाया जा सकता है। भैंस के दूध से पाउडर बनाना बहुत बड़ी चुनौती थी। परंतु टीम के साथ वर्गीज कुरियन को भैंस के दूध के प्रसंस्करण तथा गाढ़ा (Condensed) दूध बनाने में कामयाबी हासिल हुई। यह प्रमुख वैज्ञानिक और प्रौद्योगिकीय उपलब्धि थी। सन् 1946 में श्री त्रिभुवनदास पटेल ने कैरा डिस्ट्रिक्ट

कोऑपरेटिव मिल्क प्रोड्यूसर्स यूनियन लिमिटेड के अंतर्गत पाँच गाँवों की सहकारिता बनाई। त्रिभुवनदासजी के कहने पर डॉ. कुरियन ने नौकरी छोड़ दी तथा साथ मिलकर उन दोनों टीमों ने ग्यारह माह के अंदर एक उन्नत डेयरी संयंत्र की स्थापना कर दी। उसका स्वामित्व किसानों के पास था और तत्कालीन प्रधानमंत्री पं. नेहरू ने सन् 1955 में यह संयंत्र राष्ट्र को समर्पित किया था। सन् 1957 में किसानों का यह संयंत्र 'अमूल' के नाम से पंजीकृत हुआ तथा प्रत्येक भागीदारी का ब्रांड बन गया। यहीं से भारत में सहकारी आंदोलन का सूत्रपात हुआ था।

ये सहकारिताएँ स्वायत्त एवं पारदर्शी थीं और घरेलू स्तर पर कार्य करती थीं तथा गुणवत्ता व ईमानदारी के प्रति वचनबद्ध थीं। हर सदस्य द्वारा लाए गए दूध से प्राप्त मक्खन आदि वसा के अनुसार उसे भुगतान किया जाता था। संकर दुधारू पशुओं के दूध के प्रसंस्करण, कृत्रिम संसेचन (insemination), पशु स्वास्थ्य प्रणाली से लेकर पशु आहार के वैज्ञानिक रूप से विनिर्माण तक क्रांतिकारी परिवर्तन हुए। भारत के अन्य राज्यों तक सहकारी आंदोलन की सफल गाथा पहुँचाने के लिए सन् 1965 में राष्ट्रीय डेयरी विकास बोर्ड (एन.डी.डी.बी.) का गठन किया गया और डॉ. वर्गीज कुरियन को उसका अध्यक्ष नियुक्त किया गया।

आज विश्व में भारत सबसे ज्यादा दुग्ध उत्पादन करनेवाला देश है। यहाँ पर मवेशियों की सर्वाधिक संख्या पाई जाती है। मिशन मोड कार्यक्रमों की सफलता का रहस्य उस समय उपलब्ध प्रौद्योगिकी का सही उपयोग तथा सहकारी आंदोलन के माध्यम से लोकहित में समस्त संसाधनों को जुटाना था। वैज्ञानिक और प्रोफेशनल प्रबंधन ने उत्पादक और ग्राहक के बीच सीधा संबंध स्थापित कर दिया। दीर्घकालीन निर्यात योजनाओं से भारतीय दुग्ध उद्योग का भविष्य उज्ज्वल होगा। ग्लोबल स्तर पर स्पर्धा हेतु भारत को दुग्ध उत्पादन की वर्तमान वृद्धि दर को

बनाए रखना होगा। दूध तथा दुग्ध उत्पादों की उपलब्धता सफल गाथा बन चुकी है।

उद्योग संबंधी पहल

स्वतंत्रता से पूर्व भारत में प्रथम स्वप्नद्रष्टा उद्योगपति श्री जमशेदजी नुशेर वानजी टाटा रहे। उन्होंने इस्पात-विनिर्माता के रूप में भारत की कल्पना की थी। वे बिहार राज्य में इस्पात का कारखाना लगाना चाहते थे, जहाँ पर कच्चा माल बहुतायत मात्रा में पाया जाता है। ब्रिटिश उस माल को इस्पात में बदलने के लिए ग्रेट ब्रिटेन ले जाते थे। टाटा ने सोचा कि कितना अच्छा हो, यदि हमें कच्चे माल को इस्पात में बदलने की प्रौद्योगिकी मिल जाए। इससे भारत में औद्योगिक विकास को बल मिलेगा। उन्होंने अपने ब्रिटिश मित्रों से प्रौद्योगिकी और विशेषज्ञता की दृष्टि से मदद माँगी। 1 सितंबर, 1893 को स्वामी विवेकानंदजी उसी जहाज से शिकागो जा रहे थे, जिसमें जमशेदजी यात्रा कर रहे थे। नुशेखानजी टाटा ने उन्हें अपनी इच्छा बताई। स्वामी विवेकानंद ने उन्हें सलाह दी, ''यदि आप भारत में इस्पात उद्योग खोलना चाहते हैं तो ऐसी संस्था के निर्माण पर भी विचार करें, जहाँ पदार्थ विज्ञान विषय भी पढ़ाया जाए।'' टाटा को वह सुझाव भा गया। जब वे लंदन पहुँचे तो उन्होंने मित्रों द्वारा दिए गए रात्रिभोज के दौरान इस विषय में मदद माँगी। उपस्थित मित्रगण हँसने लगे और उनका जवाब था कि यदि भारत इस्पात बनाने लगा तो ब्रिटेन अपना पेट कैसे भरेगा। ऐसे में टाटा नाराज होकर वहाँ से उठ गए। लंदन से टाटा तत्काल अमेरिका रवाना हो गए। वहाँ उन्होंने अपने मित्रों से इस्पात कारखाना लगाने में मदद माँगी। उनकी मेहनत रंग लाने लगी और भारत में इस्पात का कारखाना खुल गया; लेकिन टाटा को स्वामीजी के शब्द याद थे। उन्होंने बंगलुरु में भारतीय विज्ञान संस्थान की स्थापना की। यह संस्थान धातु विज्ञान और पदार्थ (प्रगत)

विज्ञान सहित विज्ञान एवं इंजीनियरिंग पर फोकस था। भारत में विश्व स्तर का इस्पात कारखाना और भारतीय विज्ञान संस्थान जैसी संस्था स्थापित हो गई। आज टाटा ग्रुप उसी ब्रिटेन से इस्पात उद्योग का कोरस (CORUS) खरीद चुका है। नुशरवानजी टाटा ने अनेक क्षेत्रों में भारत की औद्योगिक प्रगति के द्वार खोल दिए।

भारत के औद्योगिक विकास में महान् पुरुषों में अन्य नाम वालचंद हीराचंद हैं। स्वतंत्रता पूर्व भारत में, वालचंदजी ने पश्चिमी जगत् की बराबरी करने के लिए प्रतिभा एवं बुनियादी ढाँचे के सृजन हेतु बहुत उत्पाद और सेवाओं के लिए बड़े पैमाने पर औद्योगिक निर्माण का सपना देखा था। उन्होंने विमान बनाने के लिए हिंदुस्तान एयरक्राफ्ट कंपनी स्थापित की। आगे चलकर उसका नाम हिंदुस्तान एयरोनॉटिक्स लिमिटेड (HAL) पड़ा। ये हिंदुस्तान कंस्ट्रक्शन कंपनी, हिंदुस्तान शिपयार्ड, ऑटोमोबाइल इंडस्ट्री, चीनी उद्योग, मशीनरी उद्योग तथा अनेक कंपनियों के मार्गदर्शक माने जाते हैं, जिनके कारण भारत में औद्योगिक क्रांति आई।

नाभिकीय ऊर्जा

26 अगस्त, 1947 को पं. जवाहरलाल नेहरू ने परमाणु ऊर्जा अनुसंधान बोर्ड का गठन किया, जिसके अध्यक्ष डॉ. होमी जहाँगीर भाभा थे। इसके पश्चात् परमाणु ऊर्जा आयोग का गठन किया गया। भाभा ने दो दशकों की अवधि के भीतर ऊर्जा उत्पादन के लिए नाभिकीय ऊर्जा का स्वप्न देखा था और नाभिकीय ऊर्जा तथा इससे जुड़ी औद्योगिक क्षमताओं में विशेषज्ञता प्राप्त मानव संसाधनों के प्रशिक्षण हेतु एक संस्थान खोला। इनके तथा इनके उत्तराधिकारियों के अथक प्रयासों से देश नाभिकीय ऊर्जा में आत्मनिर्भर हो गया है। नाभिकीय प्रौद्योगिकी फास्ट ब्रीडर रिएक्टर, ईंधन प्रसंस्करण क्षमता, दाबीकृत भारी जल रिएक्टर्स

आदि जैसे उल्लेखनीय घटनाक्रम से नाभिकीय प्रौद्योगिकी में प्रगति सुनिश्चित हुई। फास्ट थर्मल रिएक्टर की विशेषताओं से संपन्न सक्रिय विकास कार्यक्रमों आदि के कारण भारत निर्माण और प्रचालन की प्रौद्योगिकी से संपन्न विश्व का छठा देश बन गया। भारत में प्लूटोनियम समृद्ध U-Pu मिश्रित कार्बाइड ईंधन के उत्पादन की प्रौद्योगिकी विकसित हो चुकी है। इस क्षेत्र में डी.ए.ई. एवं डी.आर.डी.ओ. के संयुक्त प्रयासों से सफलतापूर्वक परीक्षण संभव हो पाया है। पूर्व प्रधानमंत्री नरसिम्हा राव, अटल बिहारी वाजपेयी एवं श्रीमती इंदिरा गांधी ने राजनीतिक सीमाओं से ऊपर उठकर देश को सुदृढ एवं सशक्त राष्ट्र बनाने में योगदान दिया। उनके प्रयासों के फलस्वरूप भारत 'परमाणु अस्त्र संपन्न राज्य' बन गया। हमारी परमाणु नीति 'पहले परमाणु अस्त्रों का उपयोग नहीं' सिद्धांत पर आधारित है। साथ ही, हम ऐसे देशों के विरुद्ध इन अस्त्रों का इस्तेमाल नहीं करेंगे, जिनके पास नाभिकीय शस्त्र नहीं हैं।

परमाणु या नाभिकीय विज्ञान में अनुसंधान एवं विकास कार्यों से ऊर्जा उत्पादन के लिए प्रथम नाभिकीय रिएक्टर स्थापित करने में मदद मिली है। आज भारत में 4,780 मेगावाट बिजली का उत्पादन हो रहा है। भारत का लक्ष्य वर्ष 2020 तक 40,000 मेगावाट बिजली का उत्पादन है। भारत के पास परमाणु ईंधन के लिए थोरियम चक्र आधारित प्रक्रिया का इस्तेमाल करने की क्षमता है। भारत में केरल और उड़ीसा के तटों पर विश्व का एक-तिहाई थोरियम भंडार है। इसलिए इस संपदा का भारतीय परमाणु ऊर्जा उत्पादन की दृष्टि से विशेष महत्त्व है। इस विशाल भंडार में उपलब्ध थोरियम से हम 2,500 वर्षों तक परमाणु रिएक्टर ईंधन इस्तेमाल कर सकते हैं। तरल आधारित थोरियम रिएक्टर के उप-उत्पादों से पेयजल से खारापन दूर किया जा सकता है। यह हाइड्रोजन ऑटोमेटिव ईंधन सैल आदि में इस्तेमाल किया जा सकता है।

अंतरिक्ष उद्यम

डॉ. विक्रम अंबालाल साराभाई ने भारतीय अंतरिक्ष कार्यक्रम का नेतृत्व किया था। होमी जहाँगीर भाभा ने थुंबा में पहला राकेट लॉञ्चिंग स्टेशन स्थापित करने में डॉ.विक्रम साराभाई की मदद की थी। थुंबा स्थान को चुनने का कारण यह था कि इस स्थल से पृथ्वी की चुंबकीय भूमध्य रेखा गुजरती है। इससे निम्न कक्ष से सिन्क्रोनस कक्ष में उपग्रह प्रक्षेपण करने की देशज क्षमता को बढ़ावा मिला। पहले प्रमुख मिशन मोड कार्यक्रम एस.एल.वी.–3 में प्रक्षेपण यान का विकास तथा प्रौद्योगिकी का उपयोग शामिल था। इसरो के प्रयास एस.एल.वी.–3 के सफल प्रक्षेपण के मिशन की उपलब्धि पर टिके थे। प्रो. सतीश धवन, डॉ. ब्रह्म प्रकाश और अन्य अनेक प्रमुख वैज्ञानिकों, स्टाफ, तकनीशियनों ने दिन-रात 44 उप–प्रणालियों का विकास करके क्षमता सिद्ध कर दी। 18 जुलाई, 1980 को एस.एल.वी–3 से 'रोहिणी' उपग्रह के सफल प्रक्षेपण से भारत 'अंतरिक्ष क्लब' का महत्त्वपूर्ण सदस्य बन गया।

डॉ. विक्रम साराभाई, प्रो. सतीश धवन और उनके योग्य उत्तराधिकारियों के अथक प्रयासों तथा सुनियोजित योजना एवं कार्यक्रमों से यह राष्ट्र उपग्रह की अंतरिक्ष प्रौद्योगिकी, यान प्रेक्षपण करने तथा मिशन प्रबंधन और देशवासियों के कल्याण हेतु अंतरिक्ष के उपयोग में आत्मनिर्भर हुआ। चंद्रयान I मिशन को अभूतपूर्व विस्मयकारी उपलब्धि मिली। उसमें लगे मिनी एस.एस.आर. कैमरे ने चंद्रमा के अनेक चित्र भेजे, जिनमें चाँद की सतह पर जमी हुई बर्फ पाई गई। इस खोज ने आगे अनुसंधान का मार्ग खोल दिया। विजन, प्रौद्योगिकीय नेतृत्व शक्ति तथा मिशन मोड प्रबंधन के कारण सुदूर सेंसिंग तथा संचार में 'इसरो' को महत्त्वपूर्ण कार्यक्रमों में अभूतपूर्व कामयाबी मिली।

मिसाइल परियोजनाएँ

आई.जी.एम.डी.पी.—मिसाइल कार्यक्रम का लक्ष्य पाँच भिन्न-भिन्न मिसाइलों का विकास रहा है। प्रमुख विकास प्रयोगशाला के रूप में डी.आर.डी.एल. के साथ जुलाई 1983 में सामरिक अनुप्रयोगों के लिए 'पृथ्वी' तथा 'अग्नि' वायुसेना के लिए 'त्रिशूल' और 'आकाश' तथा टैंकरोधी मिसाइल के लिए 'नाग' पर कार्य शुरू किया गया। अधुनातन प्रौद्योगिकी तथा निष्पादन के लिए अनेक नई संकल्पनाओं को परखा गया। आज आई.जी.एम.डी.पी. के माध्यम से भारत ने अनेक संवेदनशील मिसाइल प्रौद्योगिकियों में दक्षता हासिल कर ली है।

एक अन्य मिशन मोड कार्यक्रम 'ब्रह्मोस' था। यह भारत एवं रूस के संयुक्त प्रयासों से तैयार सुपरसोनिक क्रूज मिसाइल है। इस कार्यक्रम में मिली सफलता से विश्व में यह प्रमाणित हो गया कि उन्नत प्रौद्योगिकी में संयुक्त प्रयासों से दूरगामी क्षमता के साथ सबसे कम संभव अवधि के भीतर उच्च निष्पाद्य उत्पाद तैयार किया जा सकता है। किसी भी अन्य देश में 'ब्रह्मोस' जैसी सार्वभौमिक एवं अद्‌भुत सुपरसोनिक क्रूज मिसाइल नहीं है। इस प्रकार भारत ऐसा देश बन गया, जिसके पास विकसित देशों की तुलना में बेहतर प्रौद्योगिकी है। जहाज और गतिशील ऑटोमैटिक लॉञ्चर्स जैसे विभिन्न प्लेटफॉर्म पर सफल परीक्षण के बाद इसे भारतीय सशस्त्र सेनाओं में शामिल किया गया। भारतीय सेना विश्व की पहली ऐसी थल सेना है, जिसके पास सुपरसोनिक क्रूज मिसाइल रेजीमेंट है।

अन्य मिशन मोड कार्यक्रम दो परतोंवाली प्रक्षेपण मिसाइल है। यह बहि: वायुमंडल एवं अंत: (endo) वायुमंडल दोनों में क्रियाशील रहती है। सफलतापूर्वक परीक्षणों से मिसाइल सिस्टम तथा राडार एवं नियंत्रण केंद्र एकीकृत व तीव्र गति से कार्य करने में सक्षम सिद्ध हुए हैं।

यह सिस्टम रक्षा के क्षेत्र में शामिल होने के लिए तैयार है। आज भारत किसी भी प्रकार की मिसाइल तथा प्रौद्योगिकी के डिजाइन, विकास एवं उत्पादन में सक्षम और आत्मनिर्भर है।

सूचना एवं संचार प्रौद्योगिकी

सूचना प्रौद्योगिकी

भारतीय सूचना प्रौद्योगिकी लगातार भारतीय अर्थव्यवस्था का सर्वाधिक महत्त्वपूर्ण क्षेत्र रहा है। नैसकॉम (NASSCOM) के लिए मैकिंजी द्वारा तैयार रिपोर्ट 'पर्सपेक्टिव 2020 : ट्रांसफॉर्म बिजनेस, ट्रॉसफॉर्म इंडिया' के अनुसार वर्ष 2020 तक निर्यात से भारतीय उद्योग का राजस्व 175 अरब अमेरिकी डॉलर तक पहुँच सकता है। निर्यात एवं घरेलू बाजारों से 225 अरब अमेरिकी डॉलर राजस्व मिल सकता है। क्योंकि सार्वजनिक क्षेत्र एवं स्वास्थ्य जैसे क्षेत्रों में नए-नए अवसर सृजित हो रहे हैं तथा ब्राजील, रूस, चीन और जापान सहित अनेक देश आउटसोर्सिंग का विकल्प चुन रहे हैं।

आई.टी.-बी.पी.ओ. क्षेत्र भारतीय अर्थव्यवस्था का सर्वाधिक महत्त्वपूर्ण उत्प्रेरक बन चुका है। इससे भारत की अर्थव्यवस्था में प्रगति को बल ही नहीं मिला, बल्कि यह उद्योग रोजगार, जीवन-स्तर तथा विविधता जैसे विभिन्न सामाजिक-आर्थिक पैरामीटरों में प्रत्यक्ष व अप्रत्यक्ष योगदान के जरिए जनजीवन को सकारात्मक ढंग से प्रभावित कर रहा है। नैसकॉम (NASSCOM) के अनुसार, सूचना प्रौद्योगिकी उद्योग धीमी गति की नौकरशाही अर्थव्यवस्था के रूप में बनी भारत की छवि को नवाचारी उद्यमियों के देश के रूप में बदल रहा है तथा विश्व स्तरीय प्रौद्योगिकीय समाधानों एवं बिजनेस सेवा क्षेत्र में विश्व स्तर का खिलाड़ी बन रहा है। वर्ष 2020 तक भारतीय सूचना प्रौद्योगिकी में जनशक्ति 3

करोड़ का आँकड़ा छू जाएगी तथा यह उदीयमान उद्योग व्यापक स्तर पर प्रगति करता रहेगा। ग्लोबल रिसर्च ग्रुप गार्टनर के अनुसार, भारत के बी.पी.ओ. के घरेलू बाजार में 17 प्रतिशत दर पर वृद्धि होने का अनुमान है और यह रफ्तार 918 अरब का आँकड़ा छू लेगी।

संचार

भारतीय दूरसंचार नेटवर्क का विश्व में तीसरा और एशिया में दूसरा स्थान है। भारत में दूरसंचार नेटवर्क में 943.5 मिलियन अभिदाता हैं। यह ऐसे प्रमुख क्षेत्र के रूप में उभर रहा है, जो भारतीय अर्थव्यवस्था के पुनरुत्थान के लिए उत्तरदायी है। इस क्षेत्र में तीव्र वृद्धि के साथ भारत सरकार की नीतियाँ और निर्णय भी जुड़े हैं तथा साथ ही इस वृद्धि का श्रेय निजी क्षेत्र की निरंतर एवं सशक्त भागीदारी को भी जाता है। इस क्षेत्र का देश के सामाजिक एवं आर्थिक ढाँचे पर सीधा असर पड़ रहा है, इसलिए यह क्षेत्र नीति-निर्माताओं द्वारा निर्धारित लक्ष्य से भी आगे निकल गया है।

फार्मा उद्योग

फार्माकोलॉजी ऐसा विज्ञान है, जिसमें बहु स्तर पर उपचार की विधियाँ शामिल हैं। इस शाखा में मॉलिक्यूलर, सेल्युलर तथा टिश्यू स्तर से लेकर समूचे मानव शरीर जीवन के अन्य रूप में समाविष्ट हैं। न्यूरोपैथी, मधुमेह एवं अल्सर जैसे रोगों के उपचार कठिन समझे जाते थे। लेकिन अब पोलिमेरिक त्वचा कॅरियर से लेकर त्वचा की ग्राफ्टिंग तक की जाती है, क्योंकि फार्मास्युटिकल्स में नई प्रौद्योगिकियों की खोज हो चुकी है।

शुरुआत में, भारतीय फार्मा क्षेत्र में थोक में आयात की गई दवाओं

की पुनः पैकिंग की जाती थी और उनके फॉर्मूले तैयार किए जाते थे। लेकिन अब यह उद्योग इन सीमाओं को पार कर चुका है तथा देश के भीतर थोक मात्रा में 400 दवाएँ तैयार करके अच्छी-खासी विदेशी मुद्रा अर्जित कर रहा है। अब यह उद्योग उन्नत विनिर्माण प्रौद्योगिकी, आधुनिक उपकरण तथा तैयार की जा रही दवाओं की गुणवत्ता पर कठोर नियंत्रण तथा सस्ते दाम पर दवाएँ उपलब्ध करवाकर उन्नत क्षेत्र के रूप में तरक्की कर रहा है।

आज भारत में विश्व स्तर पर तेजी से बढ़ रहा फार्मास्युटिकल बाजार है और वर्ष 2005 से इसका आकार लगभग दोगुना हो चुका है। भारत सस्ती प्रभावोत्पादक फार्मा उत्पाद बनाने की मूल क्षमता हासिल कर चुका है। वॉल्यूम की दृष्टि से तीसरा तथा मूल्य की दृष्टि से चौदहवाँ देश है। इस क्षेत्र में भारत को उच्च स्थान देने की दृष्टि से अनुसंधान और विकास क्षेत्र में अधिक निवेश की जरूरत है, अग्रसर फार्मा क्षेत्र एवं अधुनातन दवाओं व उपकरणों के साथ-साथ विशेषज्ञता प्राप्त डॉक्टर और गुणवत्तापूर्ण परिचर्या सेवाओं के कारण भारत कम कीमत पर गुणवत्तापूर्ण चिकित्सा सेवा के लिए स्वास्थ्य सेवा का 'हब' बनता जा रहा है।

इस अवस्था पर आवश्यक है कि भारतीय फार्मा उद्योग विश्व बाजार में उचित स्थान एवं लाभ पाने के लिए गुणवत्ता अनुसंधान हेतु अनेक संस्थानों एवं अकादमी के साथ भागीदारी की दिशा में साहसिक कदम उठाए।

ज्ञान-आधारित समाज में ज्ञान-संपन्न सशक्त मानव संसाधन सबसे अधिक महत्त्वपूर्ण पक्ष है। संस्थानों और उद्योग की भूमिका प्रतिभा के संपोषण में बहुत अधिक महत्त्वपूर्ण है। इन दोनों के मेल से फार्मा जगत् नई बुलंदियाँ छू सकता है। गहन अनुसंधान और विकास के साथ फार्मा

क्षेत्र में परिवर्तन आएगा। ऑर्गेनिक सम्मिश्रण, चिकित्सीय रसायन, प्रोसेस रसायन तथा विश्लेषणात्मक रसायन जैसे कार्यकलापों में कुशल भारतीय केमिस्टों की माँग बढ़ रही है। भारतीय क्लीनिकल अनुसंधान संस्थान (सी.आर.ओ.) से निश्चित रूप में क्षमता में विद्यमान अंतराल को दूर करने, लागत को इष्टतम स्तर तक रखने और दवा के विकास को बढ़ाने में मदद मिलेगी। पिछले दशक में RNA इंटरफेरेंस द्वारा जीन साइलेंसिंग की खोज तथा व्यापक स्तर पर उसके अनुप्रयोग की उपलब्धि मिली। यह देखा गया है कि यह प्रौद्योगिकी प्रकार्यात्मक जिनॉमिकी में महत्त्वपूर्ण साधन के रूप में इस्तेमाल की जा रही है। विभिन्न क्षेत्रों में इसके उपयोग के परिणामस्वरूप निकट भविष्य में देश क्लीनिकल्स ट्रायल में प्रवेश कर जाएगा।

निष्कर्ष

उपर्युक्त विवेचन से हम समझ सकते हैं कि मजबूत नेतृत्व शक्ति के साथ मिशन मोड दृष्टिकोण, योजनाबद्ध कार्यनीति, हितभोगियों के समावेश, कार्यक्रम प्रबंधन प्रतिभा के इस्तेमाल तथा सफल कार्यक्रमों की ओर उन्मुख स्पष्ट लक्ष्य से ही देश विकसित हुआ है। स्वतंत्रता-प्राप्ति के बाद भारत विज्ञान और प्रौद्योगिकी में हब बनकर उभरा है। टेक्नोलॉजी विजन, 2020 भारत के विकास पथ की रूपरेखा है। सफल मिशल मोड कार्यक्रम दरशाते हैं कि भारत विश्व में प्रौद्योगिकी उन्नत अग्रणी राष्ट्र के रूप में उभरेगा।

□

भावी प्रौद्योगिकियाँ

"आविष्कार और खोज रचनात्मक मन-मस्तिष्क का सृजनात्मक परिणाम हैं। ऐसे मन-मस्तिष्क के धरातल पर इस दिशा में निरंतर क्रिया व्यापार चलता रहता है तथा परिणाम की कल्पना-शक्ति सक्रिय रहती है।

इस ब्रह्मांड की समस्त शक्तियाँ
प्रेरित मन के लिए क्रियाशील हैं।"

इतिहास बार-बार साक्षी रहा है कि वैयक्तिक प्रवीणता (ingenuity) तथा बौद्धिक उत्कृष्टता के आधार पर समाज का विकास हुआ है। कुछ अनूठी खोज तथा प्रौद्योगिकी क्रांति से समाज और मनुष्यों के जीवन में बदलाव आया है। इस अध्याय में इन प्रौद्योगिकीय पहलुओं पर प्रकाश डाला गया है।

युग-युगों से चली आ रही प्रौद्योगिकी

पिछले 5,000 वर्षों के दौरान अद्भुत संस्कृतियाँ अस्तित्व में आई हैं, क्योंकि मनुष्य लगातार अपने तथा अपने आस-पास के समाज के जीवन को बेहतर बनाने के लिए प्रयास करता रहा है। विशेष तौर पर

पिछले 200 वर्षों के दौरान समाज शुद्ध रूप में कृषि से औद्योगिक तथा तत्पश्चात् विभिन्न रूपों में सूचना-समाज के रूप में बदला है। अठारहवीं शताब्दी में हुई क्रांति ने आर्थिक विकास का मार्ग खोल दिया, जिससे नए अवसरों तथा बड़े पैमाने पर रोजगार के सृजन से मानव जीवन बेहतर बना। सूचना प्रौद्योगिकी मनुष्य के जीवन में क्रांति लेकर आई और यह अर्थव्यवस्था का अंतरंग हिस्सा बन गई। औद्योगिक रूप से विकसित देशों के अलावा, सूचना क्रांति के कारण विकासशील देशों की अर्थव्यवस्था में भी वृद्धि हुई। सूचना प्रौद्योगिकी की क्रांति के दौरान भारत की समृद्धि कई गुना बढ़ गई तथा इस क्षेत्र में कुशल जन संसाधनों का लाभ उठाया। जैव तथा नैनो प्रौद्योगिकी में हाल ही में हुए घटनाक्रमों तथा सूचना प्रौद्योगिकी में इनके अंतरण से भावी अवसरों का द्वार खोल दिया।

खोज एवं आविष्कार

पिछले चार दशकों के दौरान महत्त्वपूर्ण वैज्ञानिक खोजों और आविष्कारों से हमारे जीवन की गुणवत्ता में सुधार हुआ है। हम हमेशा उन आविष्कारकों को याद रखेंगे। जब हम बिजली का बल्ब जलता हुआ देखते हैं तो तत्काल थॉमस एल्वा एडिसन को याद करते हैं। जब हम किसी विमान की आवाज सुनते हैं तो हम राइट बंधुओं के बारे में सोचने लगते हैं, जिन्होंने केल्विन का यह दावा गलत साबित कर दिया कि वायु से अधिक भारी फ्लाइंग मशीन का उड़ना नामुमकिन है। टेलीफोन हमें एलेक्जेंडर ग्राहम बेल की याद दिलाता है।

वैज्ञानिकों के विचारों तथा विश्व के महान् वैज्ञानिकों ने हमारे जीवन को ही बदल दिया। उनके नाम अमर रहेंगे। प्रत्येक युवा को ऐसे आविष्कारकों को याद करके प्रेरित होना चाहिए। अनेक उन्नत प्रयोगशालाओं में हम ऐसी अनूठी प्रौद्योगिकी की पहचान करने का

प्रयास कर रहे हैं, जिनका भविष्य पर बहुत ज्यादा प्रभाव पड़ेगा। प्रौद्योगिकी क्रांति के लक्ष्य आर्थिक वृद्धि का उच्च स्तर हासिल करना, रोजगार की संभावनाओं के साथ मानव संसाधनों का विकास, व्यक्तियों की सुरक्षा, देश की रक्षा तथा संवहनीय स्वास्थ्य देखभाल रहे हैं, ताकि समाज में समृद्धि एवं खुशहाली आए।

भौतिक, रसायन और जीव विज्ञान—ये मूलभूत वैज्ञानिक क्षेत्र दिनोंदिन परस्पर अधिकाधिक आश्रित होते जा रहे हैं तथा इनकी सीमाएँ फैलती जा रही हैं। पिछले 50 वर्षों के दौरान माइक्रो-इलेक्ट्रॉनिक्स के माध्यम से काफी लघु रूप सामने आए हैं। हाल ही में नैनो-इलेक्ट्रॉनिक्स महत्त्वपूर्ण भूमिका निभा रहा है। भौतिकी के नियमों के एकीकृत अनुप्रयोग तथा पदार्थ के रासायनिक गुणधर्म और जीव विज्ञान के सिद्धांतों ने नवीनतर खोज का मार्ग प्रशस्त किया है। विज्ञान के अंत:विधा दृष्टिकोण के कारण परिवर्तनकारी या अभिसारी प्रौद्योगिकी का विकास हुआ है। अभिसारी प्रौद्योगिकी से पर्यावरण सामाजिक व आर्थिक दृष्टि से प्रभावोत्पादकता एवं सतत विकास में वृद्धि होगी।

अंततः नई प्रौद्योगिकी के लक्ष्य इस प्रकार हैं—कृषि उत्पादन में वृद्धि, पृथ्वी पर सभी लोगों तक पेयजल की पहुँच, उद्योगों और जनजीवन की जरूरतों को पूरा करने के लिए पर्याप्त बिजली का उत्पादन, सभी के लिए रोजगार, प्राकृतिक आपदाओं के साथ-साथ आतंकवाद व हिंसा से बचाव, सस्ती स्वास्थ्य सेवाएँ, सबसे ऊपर सुरक्षित जनजीवन, प्रौद्योगिकी से सकल घरेलू उत्पादों की वृद्धि दर, शत-प्रतिशत साक्षरता और दृढ प्रतिरक्षा सुनिश्चित होनी चाहिए, ताकि ज्ञानपरक समाज का अभ्युदय हो।

भारतीय संदर्भ में अनिवार्य है कि उपर्युक्त उद्देश्यों के अनुसार भारत विकसित राष्ट्र बने। इसीलिए दो वर्षों से कार्यरत 500 वैज्ञानिकों ने टेक्नोलॉजी विजन 2020 विकसित किया। यह विजन देश में उच्चतर

आर्थिक दर हासिल करने के लिए समस्त प्रौद्योगिकी क्षेत्रों का रोडमैप है। इसके अलावा, अग्रणी राष्ट्र के रूप में उभरने के लिए उदीयमान विश्व में महत्त्वपूर्ण दस भावी प्रौद्योगिकियों का अभिनिर्धारण करने का प्रयास किया जा रहा है।

आई.सी.टी., जैव एवं नैनो प्रौद्योगिकी तथा उनका परस्पर मेल

सूचना एवं संचार प्रौद्योगिकी (आई.सी.टी.)

सूचना युग को 'डिजिटल युग' के नाम से भी जाना जाता है। यह व्यक्तियों की स्वतंत्रतापूर्वक सूचना के अंतरण की क्षमता है तथा पूर्वकाल में दुर्गम्य या अगम्य समझी जानेवाली सूचना तक तत्काल पहुँच है। यह सूचना क्रांति पारंपरिक उद्योग से सूचना के संचलन पर आधारित ज्ञानपरक अर्थव्यवस्था जैसी अर्थव्यवस्था तक फैली है।

कंप्यूटर तथा संचार प्रौद्योगिकी में क्रांति ज्ञानपरक सोसाइटी में तीव्र अभिसार या मेल में फलीभूत हुई है।

मूरे के नियम के अनुसार कंप्यूटर चिप्स की जटिलता दो वर्षों में दोगुनी हो गई है। अर्थात्, औसतन प्रत्येक पंद्रह वर्ष की अवधि के बाद 1000 गुना तक प्रौद्योगिकीय क्षमताएँ बढ़ जाती हैं। अनेक इलेक्ट्रॉनिक डिवाइस की प्रोसेसर, मेमोरी क्षमता, सेंसर आदि जैसी क्षमताएँ मूरे के नियम से संबद्ध हैं। तेज गति के साथ इन सभी में सुधार हो रहा है। डिजिटल इलेक्ट्रॉनिक का विश्व की अर्थव्यवस्था के हर क्षेत्र में प्रभाव बढ़ रहा है।

इसी प्रकार, डाटा स्टोरेज में भी क्रांतिकारी बदलाव का दौर शुरू हो गया है। यद्यपि क्षमता की दृष्टि से भले ही अपेक्षाकृत कम हों, लेकिन ये काफी हलके हैं तथा आसानी से स्टोर किए जा सकते हैं।

फ्लॉपी डिस्क से कंपेक्ट डिस्क ने स्थान ले लिया है तथा इनकी जगह 4 जी.बी. की भंडारण क्षमतावाली डी.वी.डी. आ गई है। इस क्षेत्र में तेजी से और लगातार प्रगति हो रही है।

इंटरनेट की वजह से लोग पूरे विश्व के साथ जुड़ रहे हैं। तत्काल मेसेज के जरिए सूचना का आदान-प्रदान हो रहा है। संचार प्रौद्योगिकी में क्रांति के कारण डाटा एक्सचेंज में इंटरनेट लोकप्रिय माध्यम बन गया है। नेशनल साइंस फाउंडेशन ने भविष्यवाणी की है कि वर्ष 2020 तक इंटरनेट प्रयोक्ताओं की संख्या 5 अरब हो जाएगी। आज इंटरनेट सूचना के प्रवाह की गति बढ़ाने के लिए अंतिम प्लेटफॉर्म बन गया तथा मीडिया के रूप में तेजी से बढ़ रहा है।

सूचना के प्रभुत्व या प्रभाव से तीन प्रकार के बदलाव आए हैं। प्रारंभिक अवस्था पर केंद्रीय कंप्यूटर या सेंटर कंप्यूटर पर उपलब्ध सॉफ्टवेयर के मेन फ्रेम पर प्रत्येक क्रिया केंद्रित थी। सूचना का यह दौर नेटवर्क सिस्टम के दूसरे स्तर में बदल गया, जहाँ समस्त कार्य विकेंद्रित रूप में किए जाते हैं, जिससे प्रत्येक पी.सी. नेटवर्क से जुड़ा होता था। सॉफ्टवेयर सर्वर पर क्लाइंट तक पहुँच जाता था और यूजर मोड पर कार्य किए जाते थे। तीसरे दौर को 'क्लाउड कंप्यूटिंग' नाम से जाना जाता है, जो इंटरनेट कंप्यूटिंग की अगली पीढ़ी है। नेशनल इंस्टीट्यूट ऑफ स्टैंडर्ड एवं टेक्नोलॉजी के अनुसार, क्लाउड कंप्यूटिंग ऐसा मॉडल है, जिससे नेटवर्क, सर्वर, स्टोरेज, अनुप्रयोग तथा सर्विस जैसे कंप्यूटिंग संसाधनों के साझे पुल तक सहज ढंग से आवश्यकता पड़ने पर नेटवर्क से पहुँचा जा सकता है।

दैनिक जीवन तथा शैक्षिक ढाँचे में प्रौद्योगिकी के तीव्र विकास के कारण सूचना युग में ग्लोबल संचार और नेटवर्क संभव हो पाया है। संचार प्रौद्योगिकी में नेटवर्क भौतिक मीडिया पर टिका है, जिसमें

ऑप्टिकल वेब गाइड के साथ ग्लास फाइबर का इस्तेमाल किया जाता है। साथ ही को-एक्सियल के बल के साथ कॉपर मीडिया और वाईमेक्स या वाई-फाई के साथ बेतार अंतरण का इस्तेमाल किया जाता है।

संचार नेटवर्क से अनेक अनुप्रयोगों व सेवाओं का एक साथ अंतरण हो पाया है। इसके साथ-साथ यह जानना भी जरूरी है कि आधुनिक संचार प्रौद्योगिकी का जीवन-चक्र 3 से 10 वर्ष का होता है।

3जी प्रौद्योगिकी

3जी संचार-प्रणाली का लक्ष्य अधिक तेज गति से संचार सेवाएँ, अपरिहार्य तथा निरंतर वॉयस फैक्स सुविधा प्रदान करना, फैक्स एवं इंटरनेट डाटा अंतरण क्षमताओं की किसी भी समय, पूरे विश्व में कहीं भी स्टैंडर्ड के बीच निरंतर रोमिंग के साथ व्यवस्था बनाए रखना है।

4जी की आवश्यकता

मल्टी मीडिया, फुल मोशन वीडियो, बेतार टेली कॉन्फ्रेंस, पॉकेट स्विचिंग नेटवर्क तथा गतिशील प्रयोक्ता के लिए 100 Mbps तक गति बढ़ाने और स्थिर प्रयोक्ता के लिए 1 Gbps गति संबंधी आवश्यकताओं की पूर्ति हेतु 4जी प्रौद्योगिकी अनिवार्य है। इसे 'Magic' रूप में भी जाना जाता है, जिसका अर्थ है—'Mobile Multimedia, Anywhere, Global mobility solutions over integrated wireless and Customized servise'।

5जी प्रौद्योगिकी

इस प्रौद्योगिकी में उच्च गति, उच्च क्षमता तथा बिट वार, (Bit) कम लागत, इंटरएक्टिव मल्टी मीडिया, वॉयस, वीडियो इंटरनेट और

अन्य ब्रॉडबैंड सेवाएँ अधिक कारगर और अधिक आकर्षक एवं सटीक यातायात की स्थिति, ग्लोबल स्तर पर पहुँच, सर्विस वहनीयता और मापन योग्य मोबाइल सेवाएँ प्रदान की जाएँगी। 5 जी नेटवर्क की ओर अभिमुख होने पर प्रौद्योगिकियों का मेल, अनुप्रयोग तथा सेवाएँ बेतार लचीला प्लेटफॉर्म सुनिश्चित करेंगी, जहाँ निवेश करने पर बेहतर प्रति लाभ मिलेगा तथा प्रचालन क्षमता या प्रभावोत्पादकता भी सुनिश्चित होगी। इससे जन-जीवन में सकारात्मक बदलाव आएगा।

सूचना एवं साइबर सुरक्षा

नेटवर्क परिदृश्य में सुरक्षा की कोई गारंटी नहीं है, क्योंकि नेटवर्क पर अन्य सभी लोगों की भी पहुँच होती है। आज की अर्थव्यवस्था सूचना एवं संचार प्रौद्योगिकी पर अधिकाधिक निर्भर है। इससे नेटवर्क हमलों की दृष्टि से यह क्षेत्र कमजोर पड़ता जा रहा है। साइबर सुरक्षा के सर्वाधिक गंभीर खतरे निम्नलिखित सूचना संबंधी बुनियादी संरचनाओं की कार्य-प्रणाली से जुड़े हैं; जैसे—वित्तीय सेवाओं, पावर, गैस, पेयजल तथा अन्य जन-उपयोगी सेवाओं, एयरपोर्ट और एयर ट्रैफिक नियंत्रण प्रणालियों, सैन्य काररवाइयों और सरकारी सेवाओं से संबंधित सुविधाएँ।

यद्यपि साइबर सुरक्षा का वर्तमान आधार आई.सी.टी. के लिए अनुकूल वातावरण सुनिश्चित करना है तथा राष्ट्रीय व अंतरराष्ट्रीय सुरक्षा मुद्दे भी बराबर महत्त्वपूर्ण होते जा रहे हैं। इसलिए साइबर सुरक्षा सामूहिक सरोकार है तथा इंटरनेट की कोई राष्ट्रीय सीमा नहीं होती। साइबर जोखिम प्रबंधन तथा सुरक्षा निजी क्षेत्र के नियंत्रण में है। यही क्षेत्र आई.सी.टी. अवसंरचना ऑपरेट करते हैं। बाजार की ताकतें पर्याप्त सुरक्षा सुनिश्चित नहीं कर सकतीं। कंप्यूटर वायरस, संगठित आपराधिक गतिविधियाँ, ग्लोबल सूचना अवसंरचना में कमजोर लिंक, हैकर

गतिविधियाँ, महत्त्वपूर्ण सैन्य काररवाइयाँ, सूचना और संचार प्रौद्योगिकियाँ जैसे कुछ साइबर जोखिम हैं।

जैव प्रौद्योगिकी

जैव प्रौद्योगिकी में ऐसी तकनीकें शामिल हैं, जिनमें जीवों के जीवित अंग या पदार्थ इस्तेमाल किए जाते हैं, ताकि अभीष्ट परिणाम प्राप्त किए जा सकें या उनमें सुधार किया जा सके। कृषि, स्वास्थ्य, पर्यावरण और उद्योग में घटनाक्रम से संबंधित जैव प्रौद्योगिकी का प्रभाव स्पष्ट दृष्टिगोचर है तथा किए गए प्रयास उत्पादों व प्रक्रियाओं में अब संचित होते जा रहे हैं। भारत में आधुनिक जीवन विज्ञान तथा जैव प्रौद्योगिकी के अभिनिर्धारित क्षेत्रों में अनुसंधान एवं विकास में दो दशकों से भी अधिक समय से ठोस प्रयास किए जा रहे थे। अब इनके लाभ मिलने आरंभ हो गए हैं। नवाचार का पेटेंट, उद्योगों में प्रौद्योगिकी का अंतरण एवं उनके साथ घनिष्ठ संबंध से जैव प्रौद्योगिकी में अनुसंधान को नई दिशा मिल रही है। कीट एवं रोग प्रतिरोध पर बल देते हुए पौधों में ट्रांसजेनिक अनुसंधान, पोषण गुणवत्ता, रेशम कीट के जीनोम का विश्लेषण, मानव आनुवंशिकी, विकारों का मॉलिक्युलर जीव विज्ञान, मस्तिष्क अनुसंधान, पौधों के जीनोम संबंधी अनुसंधान, निदानात्मक किट का विकास, वैधकरण एवं वाणिज्यकरण तथा संक्रामक रोगों की दवाएँ, खाद्य जैव प्रौद्योगिकी और जैव विविधता संरक्षण आदि को बढ़ावा देने की दिशा में पहल की जा रही है। कृषि स्वास्थ्य देखभाल, फसलों का औद्योगिक उपयोग जैसे जैव अवक्रमण योग्य प्लास्टिक जैव ईंधन आदि तथा जैव उपचार आदि जैसे पर्यावरणीय उपयोग—जैव प्रौद्योगिकी के अनुप्रयोग के चार प्रमुख क्षेत्र हैं।

कृषि में जैव प्रौद्योगिकी

कृषि विकासशील देशों की रीढ़ की हड्डी है। नैनो-टेक्नोलॉजी से विभिन्न फसलों की बायोलॉजी की समझ को बढ़ाया जा सकता है। इससे उपज या इसके पौष्टिक मूल्यों में वृद्धि हो सकती है। देश बार-बार सूखे की समस्या से जूझता आ रहा है। साथ में तापमान की निम्न अवधि बड़ी संख्या में नमक से प्रभावित क्षेत्रों की चुनौती भी खड़ी रही है। उपयुक्त फसल की किस्में विकसित करके इन समस्याओं पर काबू पाने की जरूरत है। इस दिशा में आनुवंशिकी इंजीनियरिंग तकनीकें सहायक सिद्ध होंगी। और नमक, सूखा शीत और ऊष्मा जैसे दबावों का सामना करने की क्षमता बढ़ेगी। विभिन्न बायोटिक दबावों के संबंध में कीट प्रतिरोधी जीन किसानों के लिए बहुत बड़ा वरदान सिद्ध हो सकता है। इससे कृषि उत्पादन में भी उछाल आएगा। भारत जैसे कई देशों की आबादी विटामिन ए, आयोडीन, कैल्सियम तथा लौह तत्त्व की कमी से प्रभावित है। इससे शिशु मृत्यु दर एवं मातृ मृत्यु दर का स्तर अनपेक्षित रूप से बढ़ा है। यह स्वास्थ्य से जुड़ी प्रमुख समस्या है। भोजन में प्रोटीन में सुधार करके पौष्टिक विशेषताओं में सुधार होगा। उपयुक्त जीन शामिल करके विटामिन ए, आयोडीन, कैल्सियम तथा लौह तत्त्व से समृद्ध फसल या फसलों की किस्में विकसित करके राष्ट्र का मानव विकास इंडेक्स उन्नत किया जा सकता है। जैव प्रौद्योगिकी से समुचित अवधि तक सब्जियाँ सुरक्षित रखी जा सकती हैं। इससे फसलों के मूल्य में अभिवृद्धि होगी, जिसका खेतों से दूर बाजार और रसोइयों तक लाभ पहुँचेगा। इसके अतिरिक्त हल्दी, नीम, काली मिर्च, लहसुन आदि जैसी हर्बल दवाएँ भी महत्त्वपूर्ण स्थान रखती हैं। परंतु भारत में यह क्षेत्र एलोपैथिक दवा विकसित करने की वैज्ञानिक प्रक्रिया की स्पर्धा से जूझ रहा है। जैव प्रौद्योगिकी के तहत इन पौधों के अध्ययन तथा जीनोम-

पहचान से औषधीय उपयोग के लिए इन पौधों का पेटेंट सुनिश्चित करने में मदद मिलेगी। इस संबंध में बौद्धिक संपदा अधिकार भी सुरक्षित रहेंगे।

कृषि गत जैव प्रौद्योगिकी-II

यह पौधों, पशुओं तथा सूक्ष्म जीवों में सुधार लाने की वैज्ञानिक तकनीकों के उपयोग से संबंधित है। वैज्ञानिक जगत् कृषि उत्पादकता बढ़ाने के समाधान विकसित कर चुका है। इससे फसलों और पशुधन में सुधार के लिए प्रजनन क्षमता में वृद्धि हुई है। कृषिगत जैव प्रौद्योगिकी आनुवंशिकी इंजीनियरिंग, मॉलिक्यूलर मार्कर्स, दवाओं तथा टिशु कल्चर से संबंधित हैं।

1. आनुवंशिकी इंजीनियरिंग : वैज्ञानिकों ने यह सीख लिया है कि किसी एक जीव से अन्य में जीव कैसे गतिशील होता है। इस प्रक्रिया से उपयोगी विशेषताओं को अन्य में अंतरित किया जा सकता है। वास्तव में, अंतरित डी.एन.ए. से सभी फसलों को लाभ पहुँचा है, जिससे उत्पादन क्षमता बढ़ी है। खरपतवार, रोगों या कीटों से फसल को होनेवाली क्षति से मुक्ति मिली है। आनुवंशिकी इंजीनियरिंग का लक्ष्य कीट प्रतिरोध, खरपतवार सहने की क्षमता, वायरस प्रतिरोध, फल पकने में विलंब, उन्नत पौष्टिक मूल्य संपन्न आहार की उपलब्धि है। इस दिशा में महत्त्वपूर्ण पक्ष आहार में विद्यमान विषाक्तता को कम करना है। इन सभी कार्यों से किसानों, जनसाधारण और राष्ट्र को लाभ मिलेगा।

2. मॉलिक्यूलर मार्कर्स : किसी जीव के डी.एन.ए. की जाँच करके मॉलिक्यूलर मार्कर्स का पौधों या पशुओं के चयन में इस्तेमाल किया जा सकता है। इससे अभीष्ट जीन मिल पाएगा, भले ही इसकी विशेषता दृष्टिगोचर न हो। इस प्रकार से अधिक शुद्ध तथा प्रभावी

ब्रीडिंग होती है। ऐसे मार्कर्स से ऐसे ज़ीन को भी पहचाना जा सकता है, जिन्हें भावी पीढ़ियों से निकालना जरूरी है।

3. मॉलिक्यूलर निदान : यह शुद्ध तथा विशिष्ट उत्पादों की जीन को पहचानने की विधि है। इस विधि का अधिक सटीक ढंग से फसलों/मवेशियों के रोगों के निदान के लिए इस्तेमाल किया जा सकता है।

4. दवाएँ : जैव प्रौद्योगिकी से व्युत्पन्न दवाएँ मवेशियों और मनुष्यों में इस्तेमाल की जाती हैं। ये पारंपरिक दवाओं की तुलना में अधिक सस्ती, बेहतर तथा सुरक्षित हैं। ये कमरे के तापमान पर भी रखी जा सकती हैं।

5. टिशू कल्चर : प्रयोगशाला में स्वस्थ पौधों से पौधों के पुनर्जनन की प्रक्रिया 'टिशू कल्चर' कहलाती है। इस तकनीक से फसलों के लिए रोग-मुक्त पादप सामग्री का पुन: उत्पादन किया जा सकता है। इनमें नीबू, नाशपाती, एवोकेड, आम, केले, कॉफी और पपीता शामिल हैं।

स्वास्थ्य के क्षेत्र में जैव प्रौद्योगिकी

स्वास्थ्य के क्षेत्र में ड्रग डिलीवरी फार्मा को जिनोमिक्स जीन थेरेपी तथा आनुवंशिकी परीक्षण जैसे अनुप्रयोगों में आधुनिक जैव प्रौद्योगिकी की महत्त्वपूर्ण भूमिका है। इस क्षेत्र में बायो प्रोसेसिंग प्रौद्योगिकी सबसे पुराना रूप है, जिसमें सूक्ष्म जीवों या विनिर्माण मशीनरी के मॉलिक्यूलर घटकों का इस्तेमाल करके अभीष्ट उत्पाद बनाए जाते हैं। आज पुन: योजक डी.एन.ए. प्रौद्योगिकी का इस्तेमाल करके जैव आधारित अनेक उत्पादन बनाए जाते हैं। इनमें मानव-इंसुलिन हेपेटाइटिस बी दवा, चीज बनाने में बछड़े के एंजाइम का उपयोग जैव अवक्रमण योग्य प्लास्टिक तथा लॉण्ड्री डिटर्जेंट एंजाइन भी शामिल हैं।

जैव ईंधन

फफूँदी, चीनी, स्टार्च, कॉर्न तथा तेल से जैव ईंधन बनाया जाता है। जैव डीजल सर्वाधिक सामान्य जैव ईंधन है, जो तेल या वसा से तैयार किया जाता है। इसकी संरचना जीवाश्म ईंधन के समान ही होती है। जेट्रोफा के बीज जैव ईंधन का आम स्रोत हैं। इसलिए 6 करोड़ हेक्टेयर में से 3 करोड़ बंजर भूमि पर जेट्रोफा जैसी फसल उगाई जाती है। इस फसल की आयु 50 वर्ष होती है। इस फसल से प्राप्त तेल का ऑटोमोबाइल तथा अन्य कृषि उद्योग में उपयोगी उप-उत्पादों में इस्तेमाल किया जाता है। करों के लिए डीजल में अधिकतम 10 प्रतिशत जेट्रोफा का तेल मिलाने पर सरकार ने अनुमति दे दी है।

बायो इथनॉल नवीकरणीय या अक्षय ऊर्जा का अन्य रूप है। यह कृषिगत फीक स्टॉक से उत्पादित किया जाता है। गन्ना, आलू, मक्का, कसावा जैसी आम फसलों से यह ईंधन प्राप्त किया जाता है। ब्राजील और अमेरिका में इस इथनॉल ईंधन का व्यापक स्तर पर इस्तेमाल किया जाता है।

जीवाश्म ईंधन का अन्य विकल्प शैवाल (Algal) ईंधन है। इसमें उच्चतर प्रकाश संश्लेषण क्षमता पाई जाती है। शैवाल शुष्क भूमि, खारी मृदा तथा सूखा प्रभावित भूमि पर भी उत्पादित हो सकती है। यह फोटो-बायो रिएक्टर्स द्वारा आबद्ध लूप सिस्टम या खुले जलाशय से उगाई जा सकती है। धूप, पानी और कार्बन डाइऑक्साइड की मौजूदगी में फलती-फूलती है। सागर के पानी तथा बेकार पानी का भी इस्तेमाल किया जा सकता है। यह ईंधन इस समय देश में प्रयुक्त हो रहे पेट्रो-डीजल का स्थान ले सकता है।

जैव-अवक्रमण से पर्यावरण की संरक्षा

पर्यावरण के संरक्षण में जैव प्रौद्योगिकी की अत्यधिक महत्त्वपूर्ण भूमिका है। पेट्रोलियम उत्पादों से समुद्री प्रदूषण का जल की वनस्पति और प्राणी जगत् को भयावह खतरा है। तेल के प्राकृतिक रूप से फैलने में कई महीने लग जाते हैं। डी.आर.डी.ओ. की अनुसंधान प्रयोगशाला में जैव-उपचारी प्रक्रिया विकसित की गई है। क्षेत्र में बायो-इमल्सी फायर सतह पर जैव पदार्थ क्रियाशील होता है, जिससे पानी में मिश्रित तेल का इमल्सीकरण हो जाता है तथा पारितंत्र के अनुकूल तरीके से अपनाकर जैव अवक्रमण के लिए तेल की जैव उपलब्धता बढ़ जाती है।

बायो इन्फॉर्मेटिक्स

जैव प्रौद्योगिकी के क्षेत्र में सूचना प्रौद्योगिकी का अनुप्रयोग बायो-इन्फॉर्मेटिक्स है। उन्नत परिकलन तकनीकों का इस्तेमाल करते हुए डाटा के प्रबंधन तथा विश्लेषण के जरिए जीव विज्ञान अनुसंधान के क्षेत्र में इसका व्यापक स्तर पर इस्तेमाल किया जाता है। यह विधा जीनोमिक्स और प्रोटियोमिक्स के डाटाबेस तैयार करने से जुड़ी है, जिससे जीन और प्रोटीन की महत्त्वपूर्ण जानकारी मिलती है। इससे डी.एन.ए. की सिक्वेंसिंग में भी मदद मिलती है। इस प्रयोजनार्थ अनेक सॉफ्टवेयर तैयार किए गए हैं। जैव प्रौद्योगिकी विभाग (D.B.T.) ने अनेक बायो इन्फॉर्मेटिक्स केंद्र खोल रखे हैं, जो वैज्ञानिकों, प्रयोगशालाओं तथा अकादमिक जगत् तक महत्त्वपूर्ण सूचना का प्रसार करते हैं।

इसके अतिरिक्त, डी.एन.ए. से कृत्रिम न्यूरल नेटवर्क, मानव मस्तिष्क का उद्दीपन, स्टेम सेल, स्टेम सेल के अनुप्रयोग तथा एल.वी.पी.ई.आई. में कॉर्निया के लिए लिंबल टिशू ट्रांसप्लांटेशन, स्टेम सेल के जरिए हृदय की क्रिया में सुधार, न्यूरो लॉजिकल विकारों के लिए स्टेम

कोशिका थेरेपी महत्त्वपूर्ण खोज है, जिनका मानव शरीर, स्वास्थ्य और विकास में महत्त्वपूर्ण स्थान है।

इसके अतिरिक्त, कल्चर में ब्रेन ट्यूमर स्टेम सेल को अलग करके इस समस्या को दूर किया जाता है। कैंसर के स्टेमकोशिका सेल की चिकित्सा नई खोज है। पारंपरिक थेरेपी में मुख्यत: सेल को नष्ट किया जाता है। इसका आसपास के सेल पर भी प्रभाव पड़ता है। लेकिन नई तकनीक के जरिए ट्यूमर को नष्ट ही नहीं किया जाता, बल्कि इस प्रकार से इलाज किया जाता है कि अन्य स्वस्थ सेल को नुकसान नहीं पहुँचता।

नैनो साइंस और प्रौद्योगिकी

जैविक और मॉलिक्यूलर जटिलताएँ

अनेक वर्षों के बाद भी मोर के पंख का रंग नहीं बदला है। इसका कारण ईश्वर द्वारा प्रयोग किए गए नैनो कणों का रंग है, जो मोर के पंखों में फैलकर प्रकाश को विवर्तित (Diffract) करते हैं। परिणामस्वरूप मोर के पंख रंग-बिरंगे दिखाई देते हैं। ब्रह्मांड के विशाल तारों से लेकर मानव तथा अन्य चराचर पदार्थ मॉलिक्यूलर स्केल पर क्रियाशील होते हैं। अत: हमारे शरीर तथा ब्रह्मांड में व्याप्त पदार्थ नैनो प्रौद्योगिकी पर पहले से ही आधारित हैं। इस स्केल पर अनुप्रयोग के नए-नए आयाम खुले हैं। नैनो विनिर्माण द्वारा नैनो विज्ञान और प्रौद्योगिकी के सम्मिश्रण से व्यवहार्यत: सभी क्षेत्रों में अनुप्रयोग की अनेक नई डिवाइस अस्तित्व में आएँगी। नैनो प्रौद्योगिकी सर्वाधिक मूलभूत बदलाव को निरूपित करती है। अब तक प्रौद्योगिकी एकतरफा अर्थात् ऊपर से नीचे की ओर क्रियाशील रही है, जहाँ हम पदार्थ के छोटे टुकड़ों से शुरुआत करते हैं और आयाम भी अधिक सटीक होते हैं। परंतु समय के साथ-साथ आयाम अधिक

लघु होते जा रहे हैं, जिससे वस्तुएँ अधिक कठोर होती जा रही हैं। सौभाग्यवश, नैनो प्रौद्योगिकी प्रतिकूल दिशा में अर्थात् नीचे से ऊपर की ओर क्रियाशील होती है, जिससे नैनो स्केल पर तत्त्वों के संचलन और नियंत्रण के माध्यम से तत्त्व के नए ब्रांड गुणधर्म निर्मित होते हैं। नैनो प्रौद्योगिकी से नई प्रौद्योगिकीय क्रांति का आरंभ होने जा रहा है।

नैनो टेक्नॉलोजी के आयाम

नैनो विज्ञान और प्रौद्योगिकी के आयाम व्यापक हैं तथा इस दिशा में किए गए प्रयास उत्पादन और विनिर्माण के क्षेत्रों में दूरगामी परिणामों में फलीभूत होंगे, जिसके कारण संक्षिप्त एवं ठोस अधुनातन सिस्टम विकसित होंगे। इसके लाभ समाज के सभी क्षेत्रों तक पहुँचेंगे। मूलभूत विज्ञान तथा अनुप्रयुक्त विज्ञान और नैनो विज्ञान का सही अनुप्रयोग सभी क्षेत्रों पर प्रभाव डालेगा।

मॉलिक्यूलर प्रौद्योगिकी की एयरो स्पेस सिस्टम में काफी संभावनाएँ हैं। पारंपरिक रूप में माइक्रो स्कोपिक डिवाइस बड़े पदार्थों को काटकर या इन पदार्थों से बनाई जाती थीं। लेकिन जब उत्पाद माइक्रो लेवल से नीचे तक सिकुड़ने लगते थे, तब यह प्रक्रिया दुरूह हो जाती थी। हाल ही में रसायन-शास्त्रियों ने इनके प्रतिकूल तरीका अपनाया। यद्यपि ये डिवाइस बहुत छोटी हैं, परंतु मानक रासायनिक संश्लेषण द्वारा इन्हें संश्लिष्ट मॉलिक्यूलर स्तर से ऊर्ध्वगामी दिशा की ओर नैनो स्केल डिवाइस तक पहुँचने के लिए व्यापक स्तर पर अभिसार (कन्वर्जेंट) संश्लेषण की आवश्यकता होगी।

नैनो टेक्नोलॉजी के अनुप्रयोग

भली प्रकार से निर्मित, माइक्रो, मैक्रो तथा नैनोपोरस पदार्थ से

स्मार्ट वस्त्र बन सकता है। नैनो कणों से ऐसा खाकी कपड़ा तैयार किया जा सकता है, जिससे डिटर्जेंट पर कम कीमत आएगी। सियाचिन से राजस्थान तक ड्यूटी देनेवाले सैनिक इनका इस्तेमाल कर सकते हैं। नैनो कोशिका के साथ मॉलिक्यूलर स्विच तथा सर्किट से अगली पीढ़ी के कंप्यूटर का मार्ग खुलेगा। अब पारंपरिक इलेक्ट्रॉनिक पैकेजिंग की जगह माइक्रोसिस्टम पैकेजिंग ने ले ली है। अब यह प्रक्रिया भावी नैनो पैकेजिंग की ओर मुड़ रही है। पैकेजिंग उद्योग सामग्री के रूप में नैनो कणों का इस्तेमाल कर सकते हैं, जिससे अल्ट्रा वायलट के प्रभाव में कम आएँगे तथा पदार्थ का खराब होना भी कम होगा।

सी.एन.टी. आधारित सौर कोशिकाएँ

लकड़ी और बायोमास का युग खत्म होने जा रहा है। अगले कुछ दशकों में तेल और प्राकृतिक गैस भी समाप्त होने वाली है। ऐसे में शुद्ध ऊर्जा के तीन रूप—नाभिकीय हाइड्रोजन, ईंधन और सौर किरणें होंगी।

जब ये सौर किरणें वर्तमान में उपलब्ध सौर फोटो-वोल्टेविक सेल से होकर गुजरती हैं, तब उसकी क्षमता 20 प्रतिशत से भी कम हो जाती है। अनुसंधानों से पता चला है कि गैलियम आर्सेनाइड आधारित पी.वी. सैल मल्टी जंक्शन डिवाइस के साथ अधिकतम 30 प्रतिशत प्रभावोत्पादकता दे सकता है। इसलिए वर्तमान अनुसंधान कार्बन नैनो ट्यूब (सी.एन.टी.) आधारित पी.वी. सेल पर फोकस है। यह खोज भारत जैसे उष्ण कटिबंधीय देश में, खास तौर पर विद्युत् उत्पादन का लागत प्रभावी विकल्प बन जाएगी।

सैनिकों के लिए धारणीय पावर

नैनो सिस्टम, नैनो इलेक्ट्रॉनिक्स तथा नेनो पदार्थ का मिश्रण युद्ध

परिदृश्य में प्रभावी एवं प्रमुख पक्ष होगा। नैनो प्रौद्योगिकी क्षेत्र में यह क्रांति सामरिक आयोजना में सर्वाधिक महत्त्वपूर्ण अवधारणा बन जाएगी तथा भावी युद्ध क्षेत्रों की आयोजना और परिनियोजन (deployment) की अवधारणा को पुनः परिभाषित करेगी। शोधकर्ताओं ने ऐसी प्रौद्योगिकी विकसित की है, जिसमें बहु पदार्थों को अंतर्गुंफित फाइबर में मिश्रित किया जाता है, जिससे सैनिकों की वरदी में ऊर्जा संचित कर सकती है या ऊर्जा धूप में बदल सकती है।

नैनोट्यूब फिल्टर और पानी का शुद्धीकरण

यह तथ्य सर्वविदित है कि 70 प्रतिशत से अधिक पृथ्वी को सतह तक पानी उपलब्ध है, परंतु केवल 1 प्रतिशत ही ताजा पानी के रूप में उपलब्ध है। आज 6 अरब की विश्व जनसंख्या में से मात्र 3 अरब तक संतोषजनक रूप में पानी की आपूर्ति होती है। वर्ष 2025 तक विश्व की जनसंख्या 8 अरब तक पहुँच जाएगी, परंतु पेयजल 1 अरब आबादी को मिलेगा। दूषित पानी के सेवन के कारण रोज 20 हजार बच्चे प्रभावित होते हैं तथा 4 प्रतिशत कैंसर, एड्स, युद्ध एवं दुर्घटनाओं के कारण होनेवाली मौतों की मृत्यु दर का बड़ा हिस्सा है। पानी की शुद्धता आज की प्रमुख समस्या एवं हमारी आवश्यकता बन गई है। रिवर्स ओसमोसिस प्रक्रिया द्वारा समुद्री जल से पेयजल प्राप्त किया जा सकता है। कार्बन नैनो ट्यूब फिल्टर्स पानी में से माइक्रो से लेकर नैनो स्केल तक संदूषक तत्त्व तथा पेट्रोलियम में से हाइड्रो कार्बन निकाल सकते हैं। ये फिल्टर्स खोखले कार्बन सिलिंडर होते हैं तथा इन्हें ट्यूब के आकार के क्वाट्र्ज साँचे में बेंजाइन छिड़ककर साँचों को 900Œसी तक गरम करके तैयार किया जाता है। इससे ये फिल्टर्स मजबूत, पुनः इस्तेमाल योग्य तथा ऊष्मारोधी बन जाते हैं। इन्हें आसानी से साफ करके पुनः इस्तेमाल किया जा सकता है।

अनुसंधानकर्ताओं का मानना है कि इससे फिल्टर माइक्रो फ्लूडिक्स ऐसे अनुप्रयोग के अनुकूल हो जाते हैं, जिनसे रसायनों को अलग किया जाता है। जल शुद्धीकरण की सदियों पुरानी समस्या के समाधान के लिए यह नैनोसाइंस का आदर्श अनुप्रयोग है। यदि इसे सही ढंग से इस्तेमाल किया जाता है तो इससे पेय जल मिशन का बोझ कम करने में काफी मदद मिलेगी। परिणामस्वरूप, समुचित मात्रा में सुरक्षित पेयजल उपलब्ध होगा तथा जल-जनित रोगों में कमी आएगी।

कृषि में नैनो प्रौद्योगिकी

नैनो प्रौद्योगिकी से कृषि तथा खाद्य उद्योग में क्रांति आ सकती है, क्योंकि रोगों के मॉलिक्यूलर उपचार, तीव्र रोग निदान, पोषक तत्त्वों का अवशोषण करने की पौधों की क्षमता बढ़ाने आदि जैसे विभिन्न प्रयोजनों के लिए नए-नए साधन विकसित किए जा सकते हैं। स्मार्ट सेंसर्स तथा डिलीवरी सिस्टम वायरस एवं अन्य फसल के पेथॉगन से लड़ने में कृषि उद्योग को मदद मिलेगी। निकट भविष्य में कीटनाशक तथा खरपतवार आदि के नाशक पदार्थों की क्षमता बढ़ाने के लिए नैनो संरचित उत्प्रेरक उपलब्ध होंगे। अक्षय ऊर्जा के इस्तेमाल से अप्रत्यक्ष रूप में पर्यावरण की सुरक्षा में नैनो प्रौद्योगिकी महत्त्वपूर्ण भूमिका निभाएगी तथा प्रदूषण कम करने एवं विद्यमान प्रदूषक तत्त्वों को हटाने के लिए फिल्टर या उत्प्रेरक के रूप में नैनो प्रौद्योगिकी योगदान देगी।

परिशुद्ध खेतीबाड़ी (Presision farming) लंबे समय से अभीष्ट ध्येय रही है, ताकि अधिकतम पैदावार हो तथा पर्यावरणीय परिवर्तन, मॉनीटरन और लक्ष्यबद्ध काररवाई करते हुए कम-से-कम निवेश किया जा सके (जैसे—उर्वरक, कीटनाशक दवाएँ, खरपतवार आदि की नाशक दवाएँ इत्यादि)। परिशुद्ध कृषि संबंधी अवशिष्ट पदार्थों में कमी लाने में

भी योगदान देती है। ऐसा करते समय पर्यावरण प्रदूषण को कमतर पक्ष में रखा जाता है। नैनो प्रौद्योगिकी से निर्मित छोटे-छोटे सेंसर तथा मॉनीटरन प्रणालियों का भावी परिशुद्ध खेती के तरीकों पर बहुत अधिक प्रभाव पड़ेगा। प्रकार्यात्मक आहार तैयार करने में पहले से ही नैना प्रौद्योगिकी का प्रभाव पड़ चुका है, जो हमारे शरीर की जरूरतों के मुताबिक अनुक्रिया करता है और अधिक कारगर ढंग से पोषक तत्त्व पहुँचाता है। इस क्षेत्र की मूलभूत विशेषता पोषक तत्त्व को आहार में मिलाने के लिए नैनो कैत्सूल तैयार करना है।

कृषि में नैनो प्रौद्योगिकी के उदीयमान क्षेत्र की काफी संभावनाएँ दिखाई दे रही हैं। लेकिन कृषि में नैनो कण के इस्तेमाल से होनेवाले खतरों को नजरअंदाज नहीं किया जा सकता है। इसलिए वैज्ञानिक इस नई प्रौद्योगिकी के प्रभाव का मॉनीटरन कर रहे हैं तथा वर्तमान विधियों में सुधार की प्रत्येक संभावना पर बल दे रहे हैं।

स्वास्थ्य देखभाल में उभरता नैनो अनुप्रयोग

जैव, नैनो और सूचना प्रौद्योगिकी के मूल क्षेत्र मिलकर प्रौद्योगिकी क्रांति लाएँगे, जहाँ स्वास्थ्य सेवाओं में बदलाव से संबंधित सभी क्षेत्रों में इसके प्रभाव परिलक्षित होंगे। पूरी संकल्पना में सभी के लिए स्वास्थ्य देखभाल की दिशा में समाधान देने होंगे। इस दृष्टि से नैनो चिकित्सा, नैनो निदान, डी.एन.ए. मरम्मत, आनुवंशिकी आशोधक आदि महत्त्वपूर्ण क्षेत्रों में क्रांति आएगी। चिकित्सा जगत् में जीवित सैल की मरम्मत हो पाएगी, नैनो रोबोट के माध्यम से दवा पहुँचा सकते हैं। इससे यकृत, गुर्दे आदि जैसे मनुष्य के अंगों को बचाया जा सकता है।

नैनो बायो मेडिकल सेंसर एड्स, कैंसर आदि जैसे जानलेवा एवं दु साध्य रोगों की प्रारंभिक अवस्था पर पता लगाने में महत्त्वपूर्ण

भूमिका निभाएँगे। नैनो चिप्स से अपने आप ब्लड शुगर का लेवल मॉनीटर किया जा रहा है, जिससे मधुमेह के रोगियों को लाभ पहुँच रहा है। नैनो मशीन से हृदय की रुकी हुई धमनियों की सफाई में मदद मिलेगी। ऐसा होने से हार्ट अटैक से बचा जा सकेगा। नैनो न्यूरो ट्रांसमीटर से बायो चिप्स का इस्तेमाल करते हुए मस्तिष्क के न्यूरॉन की मरम्मत की जा सकेगी तथा पार्किंसन, अल्जाइमर एवं मिरगी जैसे रोगों का उपचार संभव हो पाएगा। अंतरराष्ट्रीय स्तर पर वैज्ञानिक असाध्य मानव रोगों के उपचार के लिए नैनो प्रौद्योगिकी आधारित बायो डिवाइस के इस्तेमाल में अनुसंधान कर रहे हैं। यह सब देखते हुए कहा जा सकता है कि समय आने पर असाध्य रोगों की संकल्पना पुनः परिभाषित की जाएगी।

नैनो प्रौद्योगिकी आधारित निदानात्मक और चिकित्सीय साधन हृदय रोगों एवं न्यूरोलॉजिकल विकारों के लिए तैयार किए जा रहे हैं। चूँकि ब्लड-ब्रेन बैरियर को पार किया जा सकेगा, अतः मस्तिष्क विकारों के लिए प्रभावी दवा डिलीवरी की दृष्टि से नैनो कणों की व्यापक संभावनाएँ हैं। हाल ही में अध्ययन में एल्बुमिन नेनो-कणों से जुड़ी एनाल्जेसिक दवा का चूहे के मस्तिष्क में सफलतापूर्वक प्रयोग किया गया है। इस प्रकार से, नैनो प्रौद्योगिकी में नए-नए अवसरों की व्यापक रेंज है, जैसे—सिंथेटिक स्कॅफोल्डिंग तथा नैनो सिरेमिक कोटिंग, ताकि ऊतकों की मरम्मत करने के साथ-साथ इन्हें इंप्लांट भी किया जा सके।

नैनो प्रौद्योगिकी का बिजनेस प्रभाव

आनेवाले वर्षों में नैनो प्रौद्योगिकी का अधिकाधिक बिजनेस प्रभाव पड़ने जा रहा है। अनेक नैनो-प्रौद्योगिकी उत्पाद आने शुरू हो गए हैं तथा सर्वेक्षण के अनुसार वर्ष 2015 तक उन्नत औद्योगिक क्षेत्रों में 50

प्रतिशत नए उत्पाद में नैनो विज्ञान तथा इंजीनियरिंग का प्रयोग होने लगेगा, मशीनरी खाद्य पदार्थ तथा कागज के लिए नैनो प्रौद्योगिकी का राजस्व पर कम प्रभाव पड़ेगा। लेकिन मोटर वाहन परिधान तथा टेक्सटाइल में मध्यम स्तर तक राजस्व पर प्रभाव पड़ेगा। यंत्रों कंप्यूटर तथा इलेक्ट्रानिक्स के क्षेत्र में नैनो प्रौद्योगिकी का राजस्व पर बहुत अधिक प्रभाव पड़ेगा। वर्ष 2000 के दशक के दौरान फोकस नैनो-प्रौद्योगिकी में मूलभूत अनुसंधान और विकास की खोज पर था। धीरे-धीरे नैनो प्रौद्योगिकी-युक्त अन्य उत्पादों का बाजार में प्रभाव पड़ रहा है। परिणामस्वरूप वर्ष 2010 में 254 अरब डॉलर तक राजस्व रहा। वहीं वर्ष 2020 में 3 खरब डॉलर की उम्मीद है।

भविष्य के प्रत्येक उत्पाद में नैनो प्रौद्योगिकी का तत्त्व शामिल होगा। इसलिए, यह अनिवार्य है कि स्पष्ट मिशन के साथ विकास कार्य निरूपित करने पर प्रमुख दबाव डाला जाए तथा हमें सैन्य और सिविल क्षेत्रों में अनेक अनुप्रयोगों के लिए हासिल किए जा सकनेवाले परिणामों पर फोकस होना होगा। अतः विश्वविद्यालयों और उद्योगों के बीच भागीदारी से देश के कल्याण के लिए सभी प्रयास संश्लिष्ट होंगे। नैनो प्रौद्योगिकी विज्ञान और प्रौद्योगिकी की सभी शाखाओं में व्याप्त हो चुकी है, इन्हें पार कर चुकी हैं। इस क्षेत्र में प्रकृति की दृष्टि से स्वीकार्य सिद्धांतों और सुरक्षा के अनुसार विकास कार्य किया जा रहा है। भारत महान् औद्योगिक क्रांति का लाभ नहीं उठा पाया, इसलिए वह विकासशील देश बनकर रह गया। अब इस उन्नत प्रौद्योगिकी में अनुसंधान में आगे बढ़ने के लिए ज्ञान की अनंत संभावनाएँ मौजूद हैं, अतः भारत को इस अवसर से चूकना नहीं चाहिए। नैनो प्रौद्योगिकी के माध्यम से वह अतीत का गौरव हासिल कर सकता है।

रोबोट विज्ञान, कृत्रिम बुद्धि तथा संज्ञानात्मक विज्ञान

रोबोटिक्स इंजीनियरिंग

चेक लेखक कैरेल सापेक ने सन् 1921 में अपने नाटक आर.यू.आर. में चेक भाषा के 'रोबोटा' शब्द का उपयोग किया। इसका व्युत्पत्तिपरक अर्थ 'मेहनत और सेवा भाव' है। रोबोट की आकृति लगातार बदलती रही है। आज विश्व भर में प्रयुक्त होनेवाले 10 लाख घरेलू रोबोट तथा 11 लाख औद्योगिक रोबोट सही ढंग से कार्य कर रहे हैं। उदीयमान रोबोट सेंसर-युक्त प्रोसेसर्स और इफेक्टर्स मशीन है। यह रोबोट पर्यावरण या वातावरण को समझता है, सही निर्णय लेता है तथा वातावरण के अनुरूप कार्य करता है। इसमें लगे विभिन्न सेंसर्स में सक्रिय एवं निष्क्रिय ऑप्टिकल्स, लेडर विजन, ध्वन्यात्मक, अल्ट्रासोनिक आर.एफ., माइक्रोवेव, स्पर्श आदि सुविधाएँ एवं डिवाइस शामिल हैं। अनुप्रयोग के आधार पर रोबोट व्हील रूप में ट्रैक रूप में या लैग रूप में तैयार किए जाते हैं। इनके साथ विभिन्न नियंत्रण प्रणाली के आर्किटेक्चर लगे होते हैं। रोबोट में विभिन्न कमांड, नियंत्रण और संचार प्रणालियों के लिए फाइबर ऑप्टिक केबल आर.एफ., लेजर एवं ध्वनि (acoustic) का इस्तेमाल किया जाता है।

प्रथम एवं द्वितीय विश्व युद्ध के दौरान मानव-रहित विमान और वाहन की संकल्पना विकसित की गई थी। द्वितीय विश्व युद्ध के दौरान जर्मन लोगों ने सुरंग (बारूद) साफ करने के लिए इलेक्ट्रिक डॉग टेक्नोलॉजी का इस्तेमाल करते हुए सस्ती टेलीरोबोटिक वाहन विकसित किया। बाद में ट्रैक वाहन तैयार किया गया, जिसमें कॅरियर पर टँगा विस्फोटक पदार्थों का कंटेनर ढोया जाता था। फारस की खाड़ी के युद्धों में मानव-रहित ग्राउंड वाहन विकसित किया गया। इस क्षेत्र में अन्य

महत्त्वपूर्ण उपलब्धि मानव-रहित विमान या यू.ए.वी. रही। ये सभी रिमोट से नियंत्रित जासूसी वाहन थे, जो पायलट के साथ संपर्क न रहने पर स्वयं उड़ान भर सकते हैं। ये यू.ए.वी. अनुपम निगरानी या चौकसी सर्वेक्षण (reconnaissance) तथा मानव सहायता के बिना पेलोड की कारगर डिलीवरी के कारण अधिक लोकप्रिय हुए।

डी.आर.डी.ओ. ने अनेक रोबोटिक प्रणालियों के विकास में सफलता हासिल की है। तात्कालिक विस्फोट डिवाइस की पहचान और हैंडलिंग के लिए बहुमुखी रिमोट से प्रचालित वाहन 'दक्ष' का इस्तेमाल किया जाता है। नाभिकीय और रासायनिक प्रदूषण के स्तर का सर्वेक्षण और मॉनीटरन के लिए भी इसका इस्तेमाल किया जाता है। मानव-रहित विमान 'विहंग नेत्र' से सुदूर बर्फ एवं वर्षा से ढके भू-भाग का मॉनीटरन भी किया जाता है। मल्टी मिशन मानव-रहित एरियल वाहन 'निशांत' का दिन-रात सर्वेक्षण, चौकसी एवं लक्ष्य की ट्रैकिंग में इस्तेमाल किया जाता है। गैर-विध्वंसक परीक्षण, गोला-बारूद की लोडिंग तथा गरम धातु पिंड हैंडलिंग में इस्तेमाल करने के लिए रोबोट तैयार किए जा रहे हैं।

देश की सुरक्षा

कृत्रिम बुद्धि की सहायता से रोबोट विशेष रूप से चौकसी के प्रयोजनार्थ देश की सुरक्षा के क्षेत्र में विस्तृत रूप से इस्तेमाल किए जा रहे हैं। अमेरिका के अपेक्षाकृत बड़े आकार के यू.ए.वी., प्रीडेटर असामाजिक तत्त्वों की निरंतर निगरानी कर रहे हैं। ड्रॉन इप्रचालक अपने केबिन में बैठकर इन्हें प्रचालित करते हैं। उन्नत स्तर के कैमरे रियल टाइम संचार के साथ सटीक रूप में कार्य कर रहे हैं। इनकी वजह से शत्रु जानकारी लेने तथा प्रतिक्रिया करने की हिम्मत नहीं जुटा पाता। नैनो एयर वाहन या दरपा का हमिम बर्ड छोटा सा वाहन हिमंग्र

बर्ड से मिलता-जुलता है। इसका वजन 19 ग्राम है। इसके बैटरी मोटर तथा शक्तिशाली वीडियो कैमरा पेलोड रूप में लगे हैं। यह 17 कि.मी. प्रति घंटे की गति से उड़ सकता है। शहरी प्रचालन कार्यों या युद्धक्षेत्र में टोह लेने तथा निगरानी के लिए इस रोबोट का इस्तेमाल किया जाता है।

अंतरिक्ष गवेषणा या अन्वेषण में रोबोट का व्यापक रूप से इस्तेमाल किया जाता है। इनका लक्ष्य मानव जाति को खतरनाक परिस्थितियों का सामना करने से बचाना है। रोबोनॉट दूर से प्रचालित होनेवाला ऐसा रोबोट है, जो अंतरिक्ष यात्री की जगह अंतरिक्ष में चलने के लिए डिजाइन किया गया है। इसके अलावा, रोबोटिक रोवर्स मंगल ग्रह पर भेजे जा चुके हैं। अंतरिक्ष में ही नहीं, बल्कि समुद्र के भीतर प्रचालन कार्य, मानव-रहित जल के भीतर चलनेवाले वाहन के रूप में भी रोबोट की विशिष्ट भूमिका है।

भावी युद्ध मानव-रहित युद्ध के वाहनों एवं शस्त्रों से लड़े जाएँगे, न कि सैनिक लड़ेंगे। मानव की जगह मशीन खतरनाक क्षेत्रों में कार्य करेगी। भली प्रकार से डिजाइन की गई रोबोटिक्स प्रणालियाँ आत्मनिर्भर, अनुकूल तथा त्रुटि हीन होंगी। इससे और अधिक स्वतंत्रता मिल पाएगी। भावी अनुसंधान कार्य सैन्य प्रचालनों एवं स्वतंत्रता का आधारित स्तर बढ़ाने के लिए रोबोटिक वाहनों के प्रत्यक्ष बोध एवं नियंत्रण पर लगातार फोकस रहेगा। भावी रोबोट बेहतर 'एक्च्युरेटर' होंगे। इनकी इलेक्ट्रॉनिक त्वचा संवेदनशील होगी। नैनो प्रौद्योगिकी में प्रगति से अनेक नए क्षितिज खुलेंगे।

कृषि में कृत्रिम बुद्धि तथा विशेषज्ञ सिस्टम

कृषि में ए.आई. विशेषज्ञ का अनुप्रयोग

यह समस्याओं के समाधान तथा गतिशील सूचना प्रणाली है, जिसमें निम्नलिखित पहलू शामिल हैं—

पादप रोग विज्ञान, कीट विज्ञान, किसान की जरूरतों के आकलन के फ्रेमवर्क में मृदा स्थिति का अध्ययन।

- जल, मौसम और जलवायु का मॉनीटरन
- सिंचाई का समय-निर्धारण
- उर्वरक का समय-निर्धारण
- विकारों और उपचार का निदान
- फसल की पैदावार तथा आकलन
- खेत का समग्र आकलन
- स्थानीय भाषा में किसान से संपर्क।

कृषि के लिए रोबोटिक प्रौद्योगिकी

फील्ड इंस्पेक्टर

तीसरी पीढ़ी के प्रोटोटाइप का ए.पी.आई. प्लेटफॉर्म चार पहियों पर चालित वाहन है। इसमें हर पहिए पर दो मोटर लगी हैं। एक मोटर से प्रणोदन तथा दूसरे से स्टीयरिंग कार्य होता है। फ्रेम के ऊपर लगे प्रचालन कंसोल से छिड़काव, डिवाइस सेंसर और खरपतवार की कटाई हेतु औजार जैसे साधन प्रचालित होते हैं।

जी.पी.एस. अनुप्रयोग

- श्वेत तैयार करना, पौध लगाना तथा जुताई
- खाद डालना तथा फसल का बचाव
- मैपिंग, पहरा देना तथा सैंपलिंग
- फसल की कटाई
- आयोजना और विश्लेषण।

रोबोटिक तरीके से खरपतवार हटाना

खरपतवार की स्थिति तथा उसकी गंभीरता के आधार पर अनचाहे पौधों को हटाने की अनेक विधियाँ हैं। आधुनिक समय में लेजर उपचार तथा माइक्रो स्प्रे की विधियाँ विकसित की गई हैं। यदि फसल से कुछ दूरी पर खरपतवार है तो फसल की वृद्धि में आड़े न आनेवाली खरपतवार को छोड़ा जा सकता है। यह जैव विविधता की दृष्टि से नियंत्रित होती है। रोबोटिक वीडिंग का इस्तेमाल करके जैव विविधता बनाए रखी जा सकती है।

जल प्रबंधन और सिंचाई में ऑटो मेशन।

आधुनिक ऑटोमेशन प्रणालियों में निम्नलिखित पाँच बुनियादी घटक होते हैं—

1. उपस्कर का मापन और सेंसिंग।
2. नियंत्रण और विनियमन यंत्रीकरण।
3. इनपुट और आउटपुट डिवाइस।
4. विभिन्न घटकों के बीच संपर्क।
5. ऊर्जा के स्रोत।

रोबोटिक इरीगेटर

मेकैट्रॉनिक स्प्रिंकलर के रूप में रोबोटिक इरीगेटर में पानी या वर्षा गन लगी होती है। इन चुनिंदा क्षेत्रों में पानी और केमिकल का छिड़काव किया जाता है। वर्तमान मौसम की स्थितियों के आधार पर तथा वरीयता प्राप्त पैटर्न के अनुसार ट्रेजेक्टरी पर छोटा सा कंप्यूटर लगा होता है, जैसे स्टेपर मोटर द्वारा नियंत्रित किया जाता है। जब हवा में पानी छोड़ा जाता है, तब जेट के एंगल तत्काल हवा की गति तथा दिशा का मापन करके समायोजित किए जाते हैं। इस डिवाइस से अपेक्षित मात्रा में सही जगह

पर पानी पहुँचने के साथ-साथ खेत के ऐसे कोनों तक सिंचाई हो सकती है, जहाँ तक आम तौर पर पानी नहीं पहुँच पाता।

ऑटोमेशन का कार्यान्वयन

- समय आधारित स्वचालित ओपिनिंग तथा पानी को बंद करना, ताकि खेत के प्रत्येक कोने तक विशिष्ट मात्रा में पानी पहुँच सके।
- पानी डिलीवर करने की प्रणाली टाइमर की मदद से खुलेगी और साथ ही आवश्यक मात्रा में पानी पहुँचने पर अपने आप यह डिवाइस बंद हो जाएगी।
- प्रयुक्त पानी की रिकॉर्डिंग करके या किए बिना सिंचाई व उर्वरक की मिश्रित क्रिया।
- खेत में अनुक्रमिक रूप में वॉल्व चालू होना आवश्यक है, जिससे पानी का अपव्यय नहीं होगा तथा अधिक पानी से फसल को नुकसान नहीं पहुँचेगा।
- एकीकृत समय-निर्धारण तथा सिंचाई प्रणालियों का नियंत्रण (तापमान हवा, वर्षा, मृदा, नमी आदि)।
- जल-स्रोतों तथा सिंचाई प्रणालियों पर एकीकृत नियंत्रण।

संज्ञानात्मक विज्ञान

स्मृति कैसे कार्य करती है? हम भाषा कैसे समझते और समझाते हैं? हमें अपने पर्यावरण वातावरण का कैसे बोध होता है? हम कैसे समस्याओं को जानते और सुलझाते हैं? हम कैसे सोचते हैं? ऐसे कुछ बुनियादी प्रश्नों पर संज्ञान-मनोविज्ञान विचार करता है। यह 'संज्ञान' शब्द ऐसी प्रक्रियाओं से संबंधित है, जिनके द्वारा सेंसरी इनपुट बदला

जाता है, कम किया जाता है, बढ़ाया जाता है, संचित किया जाता है, सुधारा जाता है तथा इस्तेमाल किया जाता है।

संज्ञानात्मक विज्ञान और संबंधित शब्द

संज्ञानात्मक विज्ञान निर्धारित वातावरण में इष्टतम रूप में निष्पादन के लिए मानव मन और व्यवहार का वैज्ञानिक अध्ययन है। यह मनोविज्ञान, जीव विज्ञान, कंप्यूटर विज्ञान, भाषा विज्ञान, दर्शन तथा गणित के एकीकरण के बीच संबंधों का अध्ययन है। संज्ञान से न्यूरो विज्ञान मस्तिष्क कार्यों तथा व्यवहार के बीच संबंध प्रमाणित हो चुका है। इसमें बताया जाता है कि संज्ञान प्रक्रिया में रूपांतरण का आधार न्यूरल होता है। यह मानसिक ऑपरेशन का अध्ययन है, जो लोगों के ज्ञान के इस्तेमाल एवं अर्जन का समर्थन करता है। यह नयूरो विज्ञान की ऐसी शाखा है, जिसका लक्ष्य यह समझना है कि मस्तिष्क की संरचना और कार्य किस प्रकार से विशिष्ट मनोवैज्ञानिक प्रक्रियाओं से जुड़े हैं।

सेंसर प्रौद्योगिकी

भावी युद्ध का रंगमंच रासायनिक, जैविक, रेडियोलॉजिकल तथा नाभिकीय संदूषण का होगा; क्योंकि हम वैश्विक स्तर पर अनेक ऐसे देश देख रहे हैं, जो युद्ध के लिए तैयारी कर रहे हैं तथा व्यापक रूप से अवसंरचना का निर्माण कर रहे हैं। पदार्थ (प्रगत) विज्ञान तथा इंजीनियरिंग में प्रगति उपर्युक्त युद्ध सामग्री के लिए अपेक्षित सेंसर के विकास में महत्त्वपूर्ण प्रेरक शक्ति है। इस विकास के कारण ऐसे अत्याधुनिक सेंसर बन रहे हैं, जो प्रयोगशाला तथा क्षेत्र में रासायनिक या जैविक एजेंट या विकिरण की पहचान के लिए आवश्यक हैं। इसके अतिरिक्त, औद्योगिक अनुप्रयोग, रक्षा तथा आतंकवाद की जवाबी काररवाई के लिए भी सेंसर

विकसित किए जा रहे हैं। हाल ही में, व्यापक स्तर पर सिलिकॉन के प्रक्रमण के विकास में सेंसर प्रौद्योगिकी के युग का प्रादुर्भाव हो चुका है, जिसमें कंप्यूटर द्वारा सुगम रूप में प्रोसेस की गई इलेक्ट्रिकल आउटपुट में भौतिक घटनाक्रम का ट्रांसड्यूस करने की नई विधियाँ सृजित की जाएँगी।

सोनार

'सोनार' विस्तृत रूप 'साउंड नेवीगेशन एंड रेजिंग' तकनीक है। यह पानी के नीचे ध्वनि के संचरण (Propogation) के लिए इस्तेमाल की जाती है। साथ ही, वस्तुओं का पता लगाने या पानी की सतह के नीचे जहाज जैसी वस्तुओं को पहचानने में भी इसका इस्तेमाल किया जाता है। सोनार के दो प्रकार हैं—निष्क्रिय सोनार और सक्रिय सोनार। निष्क्रिय सोनार से पोत की ध्वनि सुनी जाती है तथा सक्रिय सोनार से ध्वनि की स्पंदन (Pulses) उत्सर्जित होती है।

नौसैनिक युद्ध सामग्री

आधुनिक नौसेना को युद्ध सामग्री में दोनों प्रकार के सोनार इस्तेमाल किए जाते हैं। भारत अंतर्जलीय सोनार विकसित कर चुका है। इस तकनीक में हमारा देश आत्मनिर्भर बन चुका है। इनमें अधुनातन प्रोसेसिंग तकनीकें और माइक्रो इलेक्ट्रॉनिक्स लगे हैं। देशज स्तर पर तैयार सोनार नौसेना के अनेक जहाजों में लगे हैं। डी.आर.डी.ओ. ने एन.पी.ओ.एल. कोच्चि में सोनार विकसित किए हैं। ये विकसित राष्ट्रों के सोनार के ही समतुल्य हैं।

सेंसर नेटवर्क सैन्य कमांड और कंट्रोल का विस्तार माना जाता है, जहाँ सैनिकों की बजाय डिवाइस गश्त लगाती है। सेंसर के सैट से तय हो जाता है कि कौन सी सूचना संचित की जाए। सॉफ्टवेयर नियंत्रण के साथ

हिदायतों को हालात के मुताबिक बदला जा सकता है। हमारी सामरिक नीति यह है कि आई.ई.डी. एंप्लेसर की विशिष्ट पहचान की बजाय ट्रैक और त्वरज जैसे व्यवहार की सोद्देश्य जानकारी पर फोकस होना है।

फोटोनिक्स

पिछले कुछ दशकों में अनेक नए क्षेत्रों का प्रादुर्भाव हुआ है, जैसे इलेक्ट्रो ऑप्टिक्स ऑप्टो-इलेक्ट्रानिक्स लाइट वेव प्रौद्योगिकी आदि। संक्षेप में इन विधाओं को 'फोटोनिक्स' कहा जाता है। फोटोनिक्स अनुप्रयोग की रेंज ऊर्जा जनन, ऊर्जा डिटेक्टर से लेकर संचार और सूचना प्रक्रमण तक मानी जाती है। सर्वाधिक महत्त्वपूर्ण अनुप्रयोग फाइबर ऑप्टिक्स संचार है। फोटोनिक्स का महत्त्वपूर्ण सैन्य अनुप्रयोग होता है। इसमें कमांड एवं नियंत्रण प्रणालियों के लिए उन्नत डाटा संचार एवं दूरसंचार $C^4 1^z$ एस.आर. प्रणालियाँ, इलेक्ट्रॉनिक युद्ध सामग्री संबंधी प्रणालियाँ शामिल हैं। अपने विभिन्न एवं महत्त्वपूर्ण उपयोगों के कारण आज विश्व में फोटोनिक्स में सबसे ज्यादा अनुसंधान कार्य किया जा रहा है। डी.आर.डी.ओ. ने मुख्य फोटोनिक्स कार्यक्रम का सूत्रपात किया है, जिसके अंतर्गत उदीयमान प्रौद्योगिकी तथा देशज स्तर पर महत्त्वपूर्ण एवं संवेदनशील प्रौद्योगिकी विकसित की जानी है।

फोटोनिक्स की अन्य क्षेत्रों में भी मुख्य भूमिका है। बायो फोटोनिक्स फोटोन्स उत्पन्न करने, संचरित करने तथा पता लगाने का विज्ञान है, जो ऊतक या बायोमॉलिक्यूल के साथ मिलकर कार्य करते हैं। हाल ही के वर्षों में इस क्षेत्र में काफी कार्य हो रहा है। बायो फोटोनिक्स मेडिकल निदान, चिकित्सा विधियों तथा जैव प्रौद्योगिकी की दृष्टि से महत्त्वपूर्ण है। चिकित्सा जगत् में फोटोनिक्स तकनीकों का अधिकाधिक इस्तेमाल हो रहा है। कुछ ऊतकों और कोशिकाओं की विशेषताओं को बदलने में

भी प्रकाश का इस्तेमाल किया जा सकता है। बायोफोटोनिक्स विधियों का इस्तेमाल करके डी.एन.ए. का पता लगाया जा सकता है तथा इन्हें अनुक्रम में रखा जा सकता है। गैस्ट्रो आंत्रीय ट्रैक तथा फेफड़ों में कैंसर का प्रारंभिक अवस्था में पता लगाने के लिए लेजर-प्रदीप्ति का इस्तेमाल किया जाता है। इस प्रकार से फोटोनिक्स चिकित्सा-निदान में मुख्य भूमिका निभाता है।

इसके अतिरिक्त, डिजिटल प्रौद्योगिकी, कम ऊर्जा खपत, एल.ई.डी., ओ.एल.ई.डी., सेंसर तथा माइक्रो प्रोसेसर आसूचना में भी फोटोनिक्स का उपयोग होता है। फोटोनिक्स सेंसिंग तथा इमेजिंग स्वच्छ पर्यावरण में योगदान देगी। इससे प्रदूषण का पता लग सकता है और सुरक्षा का उच्चतर स्तर प्राप्त किया जा सकता है तथा गैर-कानूनी वस्तुओं का पता लगाया जा सकता है।

बायो-सेंसर

बायो-सेंसर छोटी सी डिवाइस है। चुनिंदा जैव विश्लेषण के लिए जैविक गुणधर्मों की पहचान करने के लिए इसका इस्तेमाल किया जाता है। इसमें बायो मेडिकल पदार्थ का इस्तेमाल करके किसी क्षेत्र में विशिष्ट रसायनों की मौजूदगी का पता लगाया जा सकता है तथा मॉनीटर किया जाता है। इससे नमूना तैयार करने तथा ऐसी पूरी कोशिका, एंटी बॉडी, एंजाइम या डी.एन.ए. जैसे तत्त्वों के विश्लेषण की जरूरत नहीं रहती।

नैनो प्रौद्योगिकी बायो-सेंसर के विकास में अधिकाधिक महत्त्वपूर्ण भूमिका निभाती आ रही है। बायो-सेंसर की संवेदनशीलता और निष्पादन को उन्नत बनाया जा रहा है। इस दृष्टि से नैनो पदार्थों का इस्तेमाल किया जा रहा है। नैनो पदार्थ के उपयोग से बायो-सेंसर में अनेक नई सिगनल ट्रांस फ्यूनिंग प्रौद्योगिकी अस्तित्व में आई है। सब-माइक्रॉन

आयाम के कारण नैनो सेंसर, नैनो प्रोब्स तथा अन्य नैनो प्रणालियों से सरल एवं तीव्र विश्लेषण संभव हो पाया है।

इलेक्ट्रोकेमिकल सेंसर

इस विन्यास में सेंसिंग अणु (molecule) प्रॉब की सतह के साथ बॉण्ड होते हैं। मैंब्रेन से सेंसिंग परमाणु अपनी जगह पर बने रहते हैं। विश्लेषण-सॉल्यूशन में किसी स्पीशिज का हस्तक्षेप नहीं हो पाता। बायो अणु (molecule) सभी प्रकार के कंपाउंड के प्रति अनुक्रिया करते हैं तथा इलेक्ट्रोकेमिकल बायो सेंसर की संसूचन पद्धति हैं। इसमें करेंट, वोल्टेज, कंडक्टेंस, कैपेसिटेंस तथा इंपीडेन शामिल हैं।

ऑप्टिकल सेंसर

ऑप्टिकल बायो सेंसर में ऑप्टिकल फाइबर से अवशोषण प्रदीप्ति या प्रकाश बिखरने के आधार पर एनालाइट का पता लगाया जा सकता है। चूँकि ये सेंसर नॉन इलेक्ट्रिकल होते हैं, इसलिए ऑप्टिकल बायो-सेंसर का यह लाभ है कि ये वाइवो अनुप्रयोगों में प्रयुक्त हो सकते हैं तथा तरंग दैर्घ्य के अलग-अलग मॉनीटरन से बहुएनालाइट का पता लगाया जा सकता है। सामान्यत: ऐसी डिवाइस से प्राप्त सिगनल लचीली केबल से पूरे किए जा सकते हैं। इनसे प्रकाश जैविक घटक में संचरित हो सकते हैं। मापन स्थल से दूर बैठे आंप्टोड्स में फाइबर ऑप्टिक्स का इस्तेमाल किया जाता है।

पीजोइलेक्ट्रिक सेंसर

इस मोड में सेंसिंग अणु पीजो इलेक्ट्रिक सतह से लगे होते हैं। यह फ्रीक्वेंसी ट्रांसड्यूसर का द्रव्यमान है। इसमें एनालाइट तथा सेंसिंग अणुओं

के सैटआप के मेकैनिकल कंपन के बीच परस्पर क्रियाएँ होती हैं। ये क्रियाएँ एनालाइट की मात्रा के समानुपात में इलेक्ट्रिकल सिगनल में बदल जाती हैं।

इसके अतिरिक्त, फील्ड इफेक्ट ट्रांजिस्टर इमेजिंग सेंसर आदि जैसी महत्त्वपूर्ण डिवाइस का भी महत्त्वपूर्ण स्थान है।

लेजर

'लेजर' का अर्थ 'लाइट एंप्लीफिकेशन बाई स्टिम्युलेटिड ए मिशन ऑफ रेडिएशन' है। यह प्रकाश के कणों की धारा से संबंधित है, जिन्हें 'फोटोन' कहा जाता है। लेजर एक्टिव मीडियम पर निर्भर करते हुए उत्पन्न फोटोन का तरंगदैर्घ्य आशोधित किया जा सकता है। ये मीडियम गैस, द्रव पदार्थ या क्रिस्टल रूप में हो सकते हैं।

अनुप्रयोग

लेजर हमारे जीवन का अंतर्भूत हिस्सा बन चुका है। इसके मेडिकल, वेल्डिंग तथा कटिंग, चौकसी संचार, ऊष्मा उपचार, बारकोड स्केनिंग, लेजर कूलिंग आदि में अनेक उपयोग हैं। यदि इंप्लांट किए गए लेंस के चारों ओर सहायक मैंबेन दुधिया हो जाती है तो अधिक पावर की लेजर का इस्तेमाल किया जाता है। सी.डी./डी.वी.डी. ड्राइव, लेजर प्रिंटर्स, सर्जिकल तथा क्लीनिकल उपस्कर, विभिन्न प्रवाह मापन उपस्कर, रिमोट सेंसिंग तथा होलोग्राफी, संचार मानव जीनोम की मैपिंग, पृथ्वी और चाँद के बीच दूरी मापन आदि में उसका उपयोग किया जाता है। जैसे-जैसे वैज्ञानिक समुदाय क्वांटस कंप्यूटर्स, क्वांटम संचार, 3-डी डाटा स्टोरेज डिवाइस, टेरा-हट्र्ज नेटवर्क आदि की ओर बढ़ रहा है, लेजर के अनुप्रयोग के विस्तार की संभावनाएँ भी बढ़ रही हैं।

इलेक्ट्रोमैग्नेटिक पल्स

उच्च पावर-युक्त इलेक्ट्रोमैग्नेटिक पल्स निदेशित ऊर्जा शस्त्र है। इसे मानव रहित एरियल वाहनों या मिसाइल के साथ विशिष्ट लक्ष्य की ओर लगाया जाता है। इससे किसी मनुष्य, संरचना या उपस्कर को कोई नुकसान नहीं पहुँचता। निर्देशित ऊर्जा तरंगें संचार, कंप्यूटर तथा पावर सिस्टम को निष्क्रिय कर देती है और ऑपरेटर को इसका पता तक नहीं होता। चैंप (काउंटर इलेक्ट्रॉनिक हाई पावर्ड माइक्रोवेब एडवांस्ड मिसाइल प्रोजेक्ट) कार्यक्रम के अंतर्गत बोइंग में इसका सफल प्रयोग किया गया। यह प्रोजेक्ट क्रूज मिसाइल है। इसमें विस्फोटक शीर्ष की जगह ई-बम नामक इलेक्ट्रोमैग्नेटिक पल्स का इस्तेमाल होता है। यह डिवाइस आधुनिक युद्ध सामग्री को ऐसी सामग्री में बदल सकती है, जो शत्रु की परिसंपत्ति को निष्क्रिय कर सकती है।

पदार्थ एवं प्रक्रमण

किसी विशिष्ट तथा गुणवत्ता के साथ नए-नए अनुप्रयोग उभर रहे हैं, इसलिए पदार्थ या सामग्री की माँग भी बढ़ती जा रही है। यह सही है कि कच्ची सामग्री के संसाधन सीमित हैं तथा दिन-प्रतिदिन कम होते जा रहे हैं। इसलिए भविष्य में अधिक तथा उन्नत प्रौद्योगिकी अपनाना जरूरी होता जा रहा है, ताकि प्रत्येक उत्पाद की विशिष्ट खपत न्यूनतम की जा सके और साथ ही सामग्री अलग विशिष्टियों की हो। अनेक प्रयोगशालाओं में लगातार अनुसंधान कार्य चल रहा है। इस शोध कार्य का लक्ष्य नई-नई सामग्री का पता लगाना है। इस सामग्री में धातु की मिश्र धातुएँ, कंपोजिट, सिरेमिक, पॉलिमर सेमीकंडक्टर, जैव पदार्थ, विस्फोटक पदार्थ, नैनो-पदार्थ शामिल हैं। प्रत्येक सामग्री के सिविल, सैन्य एवं अंतरिक्ष कार्यक्रमों में अनेक अनुप्रयोग हैं। अनुकूल आकृति

तथा पर्यावरण की विशिष्ट स्थितियों के अनुसार क्रिया व्यापार के कारण स्मार्ट सामग्री अधिक महत्त्वपूर्ण होती जा रही है। सेंसर-युक्त अनुकूल सामग्री से पदार्थ प्रौद्योगिकी में क्रांति आएगी।

एयरो-स्पेस कार्यक्रमों में हलके वजन की संरचनाओं की अधिक माँग है। रॉकेट मोटर की केसिंग में कंपोजिट सामग्री इस्तेमाल की जाती है। सामग्री की प्रच्छत्र (Stealth) विशेषताओं का लड़ाकू विमानों एवं मिसाइल आदि में खास महत्त्व है। वर्तमान प्रौद्योगिकी अनुकूल छायावरण तथा मेटा मैटल से संबंधित है, सक्रिय एवं स्मार्ट सामग्री के हाल ही में हुए विकास की अनुकूल एयरो स्पेस प्रणालियों में मुख्य भूमिका है; जैसे विमान के मॉर्फिंग पंख, जिससे विमान रन-वे के बिना भी पक्षी की तरह उड़ान भर सकता है।

मेटा-मेटल्स के माध्यम से अदृश्यता

मेटा-मेटल्स इंजीनियर्ड एक सामग्री है। इससे सामग्री के आर-पार नेगेटिव अपवर्तनांक बनता है। यह सामग्री माइक्रोवेव की विकिरणों तथा थर्मल इमेजर्स से सुरक्षा प्रदान करती है और दृश्यता के प्रति शील्ड बनाकर अदृश्यता का गुण उत्पन्न करती है। मेटा पदार्थ की सतह पर प्रकाश ऐसे प्रवाहित होता है, मानो सतह पर पानी बह रहा हो। इसलिए अपारदर्शी सामग्री की मौजूदगी के कारण रुकावट या बाधा दिखाई नहीं देती।

भारत आधारित न्यूट्रिनो ऑब्जरवेटरी (आई.एन.ओ.)

यह परियोजना एक बहु संस्थागत प्रयास है। इसका लक्ष्य विश्व स्तर की भूमि गत प्रयोगशाला बनाना है। इसका रॉक कवर 1200m होगा। यहाँ पर उच्च ऊर्जा एवं नाभिकीय भौतिकी में अनुसंधान कार्य किया जाएगा। इस परियोजना में निम्नलिखित पक्ष शामिल होंगे—

(क) तमिलनाडु के थेनी जिले की पश्चिमी पहाड़ियों में पोट्टीपुरम में भू-गत प्रयोगशाला का निर्माण।

(ख) न्यूट्रिनो के अध्ययन के लिए आयरन कैलोरी मीटर डिटेक्टर का निर्माण।

(ग) मदुरै के पास थेनी में राष्ट्रीय उच्च ऊर्जा भौतिकी केंद्र की स्थापना। इसका लक्ष्य भूगत प्रयोगशाला का प्रचालन एवं अनुरक्षण तथा मानव संसाधन का विकास आदि है।

इस भूगत प्रयोगशाला में सभी सुविधाएँ होंगी, ताकि भौतिकी, जीव-विज्ञान, भू-विज्ञान, हाइड्रोलॉजी आदि का अध्ययन किया जा सके।

परमाणु ऊर्जा

विखंडन और विलय के परिणामस्वरूप नाभिकीय प्रतिक्रिया के दौरान निकलनेवाली ऊर्जा परमाणु या नाभिकीय ऊर्जा कहलाती है। परमाणु ऊर्जा की खोज सर्वप्रथम सन् 1896 में फ्रांसीसी भौतिक-शास्त्री हेनरी बेहरेल ने की थी। उन्होंने एक्स-रे प्लेट जैसी कुछ फोटोग्राफिक प्लेटें देखी थीं, जिन्हें यूरेनियम के पास स्टोर किया गया था। सन् 1956 में कैंब्रिया इंग्लैंड में पहला परमाणु ऊर्जा केंद्र खोला गया था। इस ऊर्जा के अनेक लाभ हैं। जैसे कोयले से उत्पन्न ऊर्जा की तुलना में यह ऊर्जा अधिक वहनीय है। प्रक्रिया में ज्यादा ईंधन खर्च नहीं होता। कचरा कम निकलता है। यह ऊर्जा का स्वच्छ स्रोत है।

आनेवाले समय में बढ़ती विश्व की आबादी की माँग किसी एक प्रौद्योगिकी से पूरी नहीं हो सकेगी। हर प्रौद्योगिकी की अपनी खूबियाँ और कमियाँ हैं। ऊर्जा सुरक्षा की चुनौतियों का सामना करने के लिए आवश्यक होगा कि सतत विकास एवं पर्यावरण संरक्षण के लिए मिश्रित ऊर्जा स्रोत उपलब्ध हों। इस संबंध में ऊर्जा आपूर्ति के विकल्पों में जीवाश्म

ईंधन, नाभिकीय विखंडन एवं विलयन शामिल है। ऊर्जा उत्पादन में नाभिकीय विखंडन एवं विलयन शामिल है। बिजली उत्पादन में नाभिकीय विखंडन निरंतर प्रमुख योगदान दे रहा है। लेकिन सुरक्षा तथा प्रयुक्त ईंधन के निपटान की समस्या के कारण पावर उत्पादन सीमित हो जाएगा। अक्षय स्रोतों से आपूर्ति पर्यावरणीय स्थितियों पर निर्भर करती है तथा इस ऊर्जा का भंडारण प्रौद्योगिकी की प्रमुख चुनौती है।

ऊर्जा और अर्थव्यवस्था

प्रत्येक समाज या राष्ट्र की मूलभूत आवश्यकता ऊर्जा है, क्योंकि विकास के सोपान के जरिए वह प्रगति करता है। निस्संदेह, जब वह विकास के अपेक्षाकृत उच्च स्तर पर पहुँचता है तो ऊर्जा की माँग अधिक स्थिर हो जाती है। इस प्रकार से, ऊर्जा की खपत और राष्ट्र की आय के बीच यह स्पष्ट संबंध पाया जाता है। दोनों एक-दूसरे के पूरक हैं।

आज भारत के लिए इसकी जरूरत है कि उद्योगों से संबंधित उच्च जी.डी.पी. की वृद्धि के साथ अपनी अर्थव्यवस्था का पुनर्निर्माण हो। इस दशक में हमारा फोकस प्रमुख अवसंरचना का विकास तथा 6,00,000 गाँवों के उत्थान के लिए औद्योगिक उत्पाद तैयार करना है। आशान्वित स्तर पर अर्थव्यवस्था की प्रगति के लिए पूर्वानुमान लगाया गया है कि आज बिजली की कुल माँग 1,50,000 मेगावाट है; लेकिन वर्ष 2030 में यह माँग कम-से-कम 9,50,000 मेगावाट हो जाएगी।

एक अध्ययन से पता चलता है कि अधिकांश समृद्ध राष्ट्र नाभिकीय ऊर्जा से लगभग 30-40 प्रतिशत ऊर्जा प्राप्त कर रहे हैं। यह स्वच्छ ऊर्जा का महत्त्वपूर्ण भाग है। इससे जलवायु परिवर्तन की चुनौती का बोझ कम होता है तथा प्रदूषण से जुड़े स्वास्थ्य संबंधी जोखिम भी कम होते हैं। भारत में अधिकांशतः कोयले से बिजली का उत्पादन हो रहा है। हम

कोयले या तेल पर अरबों रुपए खर्च कर रहे हैं, साथ ही लाखों टन CO_2 तथा अन्य ग्रीन हाउस गैसें आयात की जा रही हैं। यह स्थिति हमारे पर्यावरण एवं स्वास्थ्य के लिए खतरा है। इसलिए यह जरूरी है कि परमाणु ऊर्जा का उपयोग करके बिजली का उत्पादन किया जाए।

विलयन या फ्यूजन प्रौद्योगिकी

वैज्ञानिक और इंजीनियर ऐसी प्रौद्योगिकी विकसित कर रहे हैं, जिसका भावी पावर स्टेशनों में फ्यूजन या विलयन प्रक्रिया में इस्तेमाल किया जा सकता है। विलयन को ऊर्जा स्रोत की तरह उपयोगी बनाने के लिए पर्याप्त रूप में उच्च विलयन अनुक्रिया दर हासिल करनी होगी। इस प्रयोजन से 10 करोड़ डिग्री सेल्शियस से अधिक तापमान पर ईंधन को गरम किया जाता है (ड्यूटेरियम और ट्राइयम)। इस तापमान पर ईंधन प्लाज्मा बन जाता है। अत्यधिक गरम प्लाज्मा बहुत ज्यादा पतला और भंगुर होता है। यह हवा से भी लाखों गुना कम घना होता है। इसका उपयोग चुंबकीय क्षेत्रों तक सीमित है, जिससे ऐसी सुरक्षा रेखा तैयार हो जाती है कि कण डिवाइस की दीवार को छूकर क्षति नहीं पहुँचा सकते। इस विलयन से हीलियम और उच्च गति के न्यूट्रॉन उत्पन्न होते हैं तथा प्रति अनुक्रिया ऊर्जा की उच्च मात्रा मुक्त होती है। वाणिज्यिक फ्यूजन पावर स्टेशन विलयन में बिजली पैदा करने के लिए न्यूट्रॉन की इस ऊर्जा का इस्तेमाल किया जाएगा। मशीन के आस-पास अधिक घने पदार्थ के कवर से न्यूट्रॉन की गति धीमी पड़ जाएगी तथा उत्पन्न गरमी या ऊष्मा भाप में बदल जाएगी, इससे टर्बाइन चलने पर ग्रिड तक पावर पहुँचेगी।

इस विलयन (फ्यूजन) की अनेक विशेषताएँ हैं। यह ऊर्जा का विशाल स्रोत होगा, जिसके लिए समुद्र में भारी मात्रा में बेसिक ईंधन उपलब्ध है। फ्यूजन ऊर्जा उत्पन्न होने की प्रक्रिया के दौरान कम मात्रा में

हीलियम जैसा उप-उत्पाद मिलता है। यह अक्रिय गैस है, जिससे पर्यावरण में प्रदूषण नहीं फैलता तथा इसीलिए कोई ग्रीन हाउस प्रभाव भी उत्पन्न नहीं होता है। इस विलयन ऊर्जा के लिए बुनियादी ईंधन के रूप में हाइड्रोजन की दो प्रकार की जरूरत पड़ती है—डी एंड टी। इस ईंधन का विशाल भंडार उपलब्ध है, जो लाखों वर्षों तक हमारी ऊर्जा जरूरतें पूरी कर सकता है। साथ ही लंबे समय तक रेडियोधर्मी अवशिष्ट पदार्थ या कचरे की समस्या भी नहीं होगी। फ्यूजन पावर स्टेशन सुरक्षित रहेंगे। ये रिएक्टर गैस के बर्नर की तरह कार्य करते हैं। जैसे ही ईंधन की आपूर्ति बंद हो जाती है, अनुक्रिया भी बंद हो जाती है।

अंतरिक्ष प्रौद्योगिकी

आचार्य भरद्वाज ने 800 ई.पू. विभिन्न ग्रहों के बीच यात्रा करने के लिए तीन प्रकार की उड़नेवाली मशीनें डिजाइन की थीं। वे 1903 में सोवियत संघ के कॉन्स्टेस्ट्रिन सयोकोव्स्की ने अंतरिक्ष अन्वेषण की सैद्धांतिक रूपरेखा करके बहुत स्तर के रॉकेट की संकल्पना विकसित की और मंगल ग्रह पर मानव के उतरने की कल्पना की। जर्मनी के हर्मन ओबर्थ ने जीवन की तलाश में मानव-युक्त उड़ानों का विचार निरूपित किया। अमेरिका के रॉबर्ट गोडार्ड ने द्रव प्रणोदित रॉकेट का परीक्षण किया और सबसे पहले चंद्रमा पर रॉकेट भेजने का विचार रखा। जर्मनी के वर्नर कॉन क्रॉन ने पहली लक्ष्यबद्ध मिसाइल V2 विकसित की। द्वितीय विश्व युद्ध में उस मिसाइल का उपयोग किया गया था। इन्होंने लंबी दूरी की मिसाइल 'रैड स्टोन' भी विकसित की थी। सोवियत संघ में सर्गेई कोरोलेव ने पहला सोवियत द्रव प्रणोदित रॉकेट आई.सी.बी.एम. प्रथम विकसित किया। आगे चलकर यही आई.सी.बी.एम. प्रक्षेपण यान में बदल गया और कक्षा में 'स्पुतनिक' छोड़ा गया।

4 अक्तूबर, 1957 को सोवियत संघ ने सबसे पहले विश्व का पहला कृत्रिम उपग्रह 'स्पुतनिक' लॉञ्च किया। इसी के साथ अंतरिक्ष खोज की शुरुआत हुई। वर्ष 1958 में अमेरिका भी इस दौड़ में शामिल हो गया। 12 अप्रैल, 1961 को वास्टॉक-1 ने ऐतिहासिक उपलब्धि हासिल की और यूरी गागरिन पहले अंतरिक्ष यात्री बने और अंतरिक्ष से पृथ्वी को देखा तथा अपने इस ग्रह पर लौट आए। नासा ने चंद्रमा और विभिन्न ग्रहों का अध्ययन करने के लिए अनेक वैज्ञानिक प्रयोग किए। सबसे पहले नील आर्मस्ट्रॉन्ग चंद्रमा पर उतरे तथा मानव जाति को संदेश दिया और अंतरिक्ष कार्यक्रम के नए आयाम खोले। वैज्ञानिक प्रयोगों के लिए अंतरराष्ट्रीय अंतरिक्ष स्टेशन कक्षा में मौजूद है। संचार एवं रिमोट सेंसिंग के लिए तथा सैन्य प्रयोजनार्थ अंतरिक्ष का इस्तेमाल किया जाता है। आज अंतरिक्ष एक उद्यम क्षेत्र बनता जा रहा है। स्वतंत्रता के पश्चात् भारत ने विज्ञान और प्रौद्योगिकी में व्यवस्थित प्रगति की योजना तैयार की तथा सन् 1960 के प्रारंभ में अंतरिक्ष अनुसंधान के बीज बोए गए। राकेश शर्मा पहले भारतीय हैं, जो अप्रैल 1984 में अंतरिक्ष से पृथ्वी देखने के लिए सोवियत कैप्सूल में अंतरिक्ष गए थे।

विश्व का पहला रॉकेट—भारत में तैयार

संभवत: विश्व में गुफा में रहनेवाले मनुष्यों ने चट्टान के रूप में प्रक्षेपास्त्रों का इस्तेमाल किया। वे एक-दूसरे पर उन अस्त्रों से प्रहार करते थे। उन मिसाइलों के बाद स्टिक का इस्तेमाल किया जाने लगा, जिसके आगे नुकीले पत्थर लगे होते थे। आगे चलकर लकड़ी तथा स्ट्रिंग की डिवाइस का इस्तेमाल किया जाने लगा, जो हवा में लकड़ी की शॉफ्ट से चलती थीं। चीन वासियों ने अग्नि बाणों का इस्तेमाल किया। अठारहवीं शताब्दी में पहली बार भारत में युद्ध के रॉकेट का इस्तेमाल करके नई

रोचक खोज की गई। हैदर अली ने इस रॉकेट का इस्तेमाल करने की शुरुआत की तथा उनके पुत्र टीपू सुल्तान ने सन् 1792 में श्रीरंगपट्टनम युद्ध में ब्रिटिश पैदल सेना पर यह रॉकेट दागा तथा उन्हें हराया।

ब्रिटिश ईस्ट इंडिया कंपनी के साथ लड़ते समय टीपू सुल्तान की सेना ने विभिन्न प्रकार के रॉकेट इस्तेमाल किए थे। द्वितीय आंग्ल-मैसूर युद्ध में पॉल्लिलर (10 सितंबर, 1780) की लड़ाई में कर्नल बेली के नेतृत्व में ब्रिटिश टुकड़ी पराभूत हुई थी। लेकिन अंत में मैसूर राज्य पर कब्जा करने के बाद ब्रिटिश सेना ने रॉकेट संयंत्र को तहस-नहस कर दिया। स्टोर में रखे हजारों रॉकेट ब्रिटेन में ले जाकर रॉयल आर्टिलरी म्यूजियम बूलविच तथा ब्रिटिश रॉयल आर्सेनल में रख दिए, जो आज भी भारतीयों के असाधारण कौशल की याद दिलाते हैं।

स्वतंत्रता के पश्चात् भारतीय अंतरिक्ष प्रौद्योगिकी

सन् 1961 में भारतीय अंतरिक्ष कार्यक्रम का श्रीगणेश हुआ था, जब भारत सरकार ने डॉ. होमी जहाँगीर भाभा के नेतृत्व में परमाणु ऊर्जा विभाग को अंतरिक्ष अनुसंधान के अध्ययन का कार्य सौंपा। अगले ही वर्ष डी.ए.ई. ने भारतीय अंतरिक्ष अनुसंधान समिति (Incospar) का गठन किया। डॉ. विक्रम साराभाई इसके अध्यक्ष थे। भारतीय अंतरिक्ष कार्यक्रम डॉ. विक्रम साराभाई का सपना था, इसीलिए उन्हें 'भारतीय अंतरिक्ष कार्यक्रम का जनक' कहा जाता है।

अंतरिक्ष प्रौद्योगिकी के अनुप्रयोग

डॉ. विक्रम साराभाई भारत के अंतरिक्ष कार्यक्रम के क्षेत्र में अग्रणी रहे तथा सन् 1970 में भारत के लिए अंतरिक्ष मिशन की शुरुआत की, जो सामाजिक-आर्थिक अनुप्रयोग की ओर उन्मुख था। पिछले चार दशकों

में इस मिशन ने अनेक रूपों में भारत के करोड़ों लोगों के जीवन को छू लिया। जहाँ अब बहुअंतरिक्ष अनुसंधान केंद्र सक्रिय हैं और उन्हें अनेक शैक्षणिक संस्थाओं और 500 से अधिक उद्योगों की सहायता मिल रही है। इन केंद्रों में विभिन्न प्रकार के यान प्रक्षेपण की क्षमता विकसित हो चुकी है, जिससे अनेक कक्षाओं (orbit) में रिमोट सेंसिंग संचार और मौसम संबंधी उपग्रह कार्य कर रहे हैं। अंतरिक्ष अनुप्रयोग हमारे दैनिक जीवन का हिस्सा बन चुके हैं।

अंतरिक्ष प्रौद्योगिकी की सर्वाधिक प्रमुख विशेषता या लाभ यह है कि इससे आम आदमी के जीवन में बदलाव आ सकता है। इसके व्यावहारिक पक्ष को देखते हुए कहा जा सकता है कि देश के विभिन्न भागों में रहनेवाले लोग इस प्रौद्योगिकी का लाभ उठा रहे हैं। पिछले कुछ दशकों में उपग्रह आधारित संचार और रिमोट सेंसिंग प्रौद्योगिकी शिक्षा, स्वास्थ्य, मौसम, जल-थल संसाधन प्रबंधन, प्राकृतिक आपदाओं के प्रभाव के न्यूनीकरण आदि से संबंधित सेवाएँ प्रदान कर रही है।

भू-कक्षा में संचार उपग्रह

इनसेट श्रेणी के संचार उपग्रह अलग-अलग समय पर लॉञ्च यानों द्वारा जी.एस.एल.वी., एरियन स्पेस शटल डेल्टा भू-स्थैतिक कक्षा में छोड़े गए हैं। इनका संचार प्रसार मौसम अनुमान एवं आपदा की चेतावनी में इस्तेमाल हो रहा है। ये संचार उपग्रह राष्ट्रीय विकास में महत्त्वपूर्ण योगदान दे रहे हैं। एन.जी.ओ. तथा सरकारी एजेंसियों के संयुक्त प्रयास रूप में ग्रामीण संसाधन केंद्र (वी.आर.सी.) चलाए जा रहे हैं, जहाँ अनेक अंतरिक्ष आधारित उत्पाद तथा सेवाएँ प्रदान की जाती हैं; जैसे—दूर-शिक्षा, दूर-चिकित्सा, प्राकृतिक संसाधनों की जानकारी, कृषि, मत्स्य-पालन संबंधी परस्पर परामर्श, जल-थल संसाधन प्रबंधन, पशुधन प्रबंधन,

जीविकोपार्जन में सहायता देने के प्रति इंटर-एक्टिव व्यावसायिक प्रशिक्षण आदि। देश के विभिन्न भागों में 473 से अधिक वी.आर.सी. खोले गए हैं और इससे भी अधिक संख्या में ऐसे केंद्र खोले जाने हैं। 'एजुसेट' भारत का पहला शैक्षिक सेवाओं का उपग्रह है। इसके जरिए दृश्य-श्रण्य साधनों के माध्यम से विशेष कार्यक्रम प्रसारित किए जाते हैं, जिसमें इंटरएक्टिव कक्षाओं के लिए मल्टीमीडिया मल्टीसेंट्रिक प्रणाली का इस्तेमाल किया जाता है। 'एजुसेट' द्वारा वन-वे टी.वी. प्रसारण, इंटर एक्टिव टी.वी. वीडियो कॉन्फ्रेंस, कंप्यूटर कॉन्फ्रेंस, वेब आधारित शिक्षा आदि जैसे शैक्षिक डिलीवरी मोड की व्यापक रेंज प्रदान की जा रही हैं। इस समय 74 नेटवर्क 55,050 टर्मिनल से जुड़े हैं। इसके अंतर्गत 23 राज्य और 3 संघ-शासित क्षेत्र आते हैं तथा प्रतिवर्ष 1.5 करोड़ छात्र इस प्रौद्योगिकी का लाभ उठा रहे हैं।

दूर-चिकित्सा (टेली मेडिसिन) एक अन्य महत्त्वपूर्ण पहल है, जहाँ सामाजिक कल्याण हेतु अंतरिक्ष प्रौद्योगिकी का इस्तेमाल किया जाता है। इसमें टेली मेडिसन सिस्टम-सॉफ्टवेयर, हार्डवेयर तथा संचार उपस्कर शामिल हैं। विशेष (स्पेशियलिटी) अस्पताल तथा राज्य सरकारें आवश्यक बुनियादी सुविधाएँ, जनशक्ति तथा अनुरक्षण सिस्टम प्रदान करती हैं। इस समय टेली मेडिसिन नेटवर्क में 382 अस्पताल हैं, जिसमें 306 सुदूर तथा ग्रामीण क्षेत्रों में स्थित हैं। 60 सुपर स्पेशियलिटी अस्पताल प्रमुख शहरों में तथा 16 मोबाइल क्लीनिक हैं। ग्रामीण, इंटरनेट कियॉस्क, खेती बाड़ी में टेली प्रशिक्षण ई-बैंकिंग, ई-मार्केट, ई-गवर्नेंस आदि इस इलेक्ट्रॉनिक कनेक्टिविटी का लाभ उठा रहे हैं।

सतत विकास में भू-स्थैतिक प्रौद्योगिकी

भारत ने आर्द्र भूमि तथा बंजर भूमि की मैपिंग, वन क्षेत्र, शहरी

आयोजना, महासागर संसाधन विश्लेषण, फसल संबंधी सूचना, सीमावर्ती क्षेत्र के मॉनीटरन आदि जैसे अनुप्रयोगों के लिए बारह से अधिक रिमोट सेंसिंग उपग्रह अंतरिक्ष में छोड़े हैं। इनसे तैयार डेटा का प्रक्रमण किया जाता है तथा डेटा बेस में स्टोर किया जाता है और दूसरों के राज्य स्तर पर संचालित संसाधन प्रबंधन सिस्टम के जरिए भारत के लाखों लोगों को उपलब्ध कराया जाता है। इसके अलावा, अनेक देशों के साथ रिमोट सेंसिंग डेटा शेयर किया जाता है। पृथ्वी के पर्यवेक्षण का बहुत अधिक महत्त्वपूर्ण योगदान यह रहा कि इससे भू-जल मानचित्र तैयार किया जा सका है।

मत्स्य-पालन

राष्ट्रीय महासागर सूचना सेवा केंद्र (आई.एन.सी.ओ.आई.एस.) मछुआरों को मत्स्य जोन के बारे में सूचना प्रदान करता है। यह केंद्र महासागर तापमान और रंग (क्लोरोफिल) संभावित मत्स्य जोन संबंध में सप्ताह में दो बार उपग्रह डेटा इस्तेमाल कर रहे हैं। इस डेटा के आधार पर भारत की तट रेखा के विभिन्न भागों में मत्स्य जोन स्थापित हो पाए हैं। यह सूचना तट के प्रत्येक लैंडिंग स्टेशन को भेजी जाती है। यहाँ प्राप्त डेटा एस.एम.एस. के जरिए या अन्य संचार माध्यम से मछुआरों तक पहुँचाया जाता है। क्षेत्र के मछुआरों के लिए यह सूचना अत्यंत उपयोगी है।

जल, थल एवं चल संसाधन

विश्व के जल संसाधन मानव-जनित या प्राकृतिक आपदाओं तथा जल-कुप्रबंधन के खतरों से जूझ रहे हैं। वैश्विक जलवायु परिवर्तन से पर्यावरण के आयाम भी बदल गए हैं, जिससे बाढ़ तथा सूखे की समस्या खड़ी हो रही है। गहरे जल स्तर में हमारे जलाशय चौंकानेवाली दर पर कम होते जा रहे हैं। पानी की गुणवत्ता प्रदूषक तत्त्वों, तलछँट तथा

सीवेज से संदूषित हो रही है। भू-स्पेशियल प्रौद्योगिकी, निस्संदेह, स्थानीय स्तर से लेकर वैश्विक स्तर तक इन संसाधनों के मॉनीटरन, मापन, मॉडलिंग तथा प्रबंधन का साधन सिद्ध होगी। राष्ट्रीय व अंतरराष्ट्रीय स्तर पर ऐसा किया जा सकता है।

पर्यावरण

3 अरब लोगों को सशक्त बनाने में तृतीय क्षेत्र पर्यावरण है। यहाँ दो कारकों पर ध्यान देना आवश्यक है—

1. बदलता पर्यावरण—यह निर्धनतम लोगों पर सबसे ज्यादा बुरा असर डालता है। विश्व की लगभग आधी आबादी समुद्र के 150-200 कि.मी. की परिधि में तटवर्ती क्षेत्रों में रहती है। ग्लोबल वार्मिंग जैसे कारक इन्हीं क्षेत्रों में सबसे ज्यादा असर डाल रहे हैं।
2. आर्थिक दृष्टि से कमजोर वर्ग पर्यावरण के कारण उत्पन्न होनेवाले रोगों की चपेट में आ सकते हैं। इसका उदाहरण यही है कि किस तरह से भारत के ग्रामीण क्षेत्रों में चूल्हे का इस्तेमाल करनेवाली महिलाएँ सबसे ज्यादा कैंसर रोग से पीड़ित हैं।

इस समस्या के निवारण में सही ढंग से विश्व के विभिन्न क्षेत्रों के कार्बन बैलेंस की मैपिंग महत्त्वपूर्ण भूमिका अदा कर सकती है। पवन सौर तथा जैव ईंधन जैसे लघु स्तर पर नवीकरणीय ऊर्जा के लिए इष्टतम स्थलों का पता लगाने में मदद मिल सकती है।

भारत के अंतरिक्ष मिशन

चंद्रयान I

नवंबर 2003 में चंद्रयान I को भारत सरकार का अनुमोदन मिलने

के बाद इसरो ने 22 अक्तूबर, 2008 को पी.एस.एल.वी.-c11 को सफलतापूर्वक लॉञ्च किया। इस मिशन का उद्देश्य इन्फ्रा-रेड न्यून तथा उच्च ऊर्जा एक्सरे क्षेत्र के पास उच्च रिमोट सेंसिंग है, ताकि चंद्रमा की सतह की रासायनिक एवं खनिज मैपिंग की जा सके तथा जल-बर्फ आदि की खोज की जा सके। इस मिशन में रेंज के पास चंद्रमा की वैज्ञानिक गवेषणा, चंद्रमा पर अभीष्ट स्थल पर प्रोब के इंपेक्ट के लिए अपेक्षित प्रौद्योगिकी का डिजाइन, विकास तथा निदर्शन एवं भावी सॉफ्ट लैंडिंग मिशन के लिए अपेक्षित तकनीकों को गुणवत्तापूर्ण बनाने के कार्य किए जाते हैं।

उपग्रह रिकवरी मिशन

भारत तथा इसरो का अगला चरण इस कार्यक्रम के तहत दो भारतीयों का पृथ्वी की कक्षा की परिक्रमा के लिए अंतरिक्ष में भेजना है। वर्ष 2016-17 में इस उड़ान की संभावना है। पुन:प्रवेश तथा रिकवरी सिद्ध करने के लिए स्पेस रिकवरी कैप्सूल एक्सपेरीमेंट (एस.आर.ई.) नामक प्रायोगिक उपग्रह कक्षा में छोड़ा गया था। यह उपग्रह बारह दिन बाद पृथ्वी पर सुरक्षित लौट आया था और बंगाल की खाड़ी में गिर गया था तथा इसका मॉड्यूल पूरी तरह से मिल गया है। इस प्रयोग से भारत की अंतरिक्ष मॉड्यूल की रिकवरी तथा पुन:प्रवेश की क्षमता जाहिर हुई है।

मानव-युक्त मिशन

इस मिशन का प्रमुख उद्देश्य इसरो कक्षीय यान स्पेसशिप विकसित करना है, ताकि दो सदस्यों के कर्मी दल को कक्षा में ले जाकर पुनः सुरक्षित पृथ्वी पर लाया जा सके। इस संबंध में इसरो बंगलुरु में एस्ट्रोनॉट प्रशिक्षण केंद्र खोलने जा रहा है, ताकि प्रथम कक्षीय उड़ान एवं भावी

मानव-युक्त चंद्र मिशनों के लिए अंतरिक्ष यात्री तैयार किए जा सकें।

अंतरिक्ष खोज

अंतरिक्ष आधारित सौर ऊर्जा

अध्ययनों से पता चला है कि ऊर्जा उत्पादन के लिए तेल और गैस जैसे जीवाश्म ईंधन वर्ष 2075 तक तथा कोयला 2100 तक समाप्त हो सकता है। अतएव, गहराते ऊर्जा संकट का सामना करने के लिए बाह्य अंतरिक्ष की व्यापक स्तर पर व्यावसायिक उपयोगिता तथा विकास का सुझाव दिया गया है, जहाँ पृथ्वी पर उपयोग हेतु बिजली उत्पादन के लिए फोटो बोल्टेक सौर ऊर्जा उपग्रह की संरचना की जाए।

बड़े-बड़े सौर ऊर्जा स्टेशनों में सौर फ्लाक्स माइक्रोवेव ऊर्जा में परिवर्तित होता है। लेकिन अंतरिक्ष में एस.पी.एस. संरचना के लिए हाइपरप्लेन की जरूरत होगी। यह भारी उत्थापन की उच्च दक्षतावाला अंतरिक्ष कार्गो यान होगा। इसमें उन्नत एयरो स्पेस प्रौद्योगिकी का इस्तेमाल किया जाएगा। ऐसे एस.पी.एस. में तीन साल लग जाएँगे। यहँ निम्न पृथ्वी कक्षा में सामग्री रखने के लिए हाइपर प्लेन का बेड़ा इस्तेमाल किया जाएगा।

कलाम-एन.एस.एस. की नई पहल : अंतरिक्ष सौर ऊर्जा उपग्रह

4 नवंबर, 2010 को यू.एस.ए. की नेशनल स्पेस सोसाइटी द्वारा आयोजित इंटरनेशनल स्पेस डेवलपमेंट कॉन्फ्रेंस में अंतरिक्ष आधारित सौर ऊर्जा के जरिए अंतरिक्ष से ऊर्जा संचय की संभावनाओं पर विचार-विमर्श किया गया। अंतरराष्ट्रीय अंतरिक्ष समुदाय के विशेषज्ञों ने इस दिशा में रुचि दिखाई। परिणामस्वरूप अंतरिक्ष पावर उपग्रह के लिए 'कलाम-एन.एस.एस. ऊर्जा पहल' नामक आदर्श संकल्पना सामने आई। इसका फोकस अंतरिक्ष में ग्रीन एनर्जी के लिए भावी मिशन की सफलता के

प्रति विभिन्न राष्ट्रों की क्षमताओं का कन्वर्जेंस रहा। इस अंतरिक्ष आधारित सौर ऊर्जा संयंत्र के तीन प्रमुख क्षेत्र हैं—पहला घटक अंतरिक्ष आधारित सौर ऊर्जा संयंत्र, दूसरा पृथ्वी आधारित संग्रह-प्रणाली तथा तीसरा महत्त्वपूर्ण पहलू अंतरिक्ष से पृथ्वी पर ट्रांसमिशन का माध्यम तैयार करना है।

इस प्रक्रिया में सुरक्षा और दक्षता पहलू का सर्वोपरि महत्त्व है। इस संबंध में ऐसे नैनो-पैक तैयार करना है, जिनका दोबारा इस्तेमाल किया जा सकता है तथा छोटी बैटरी की तरह ये सुवाह्य हैं। सुरक्षा के मुद्दों के प्रति चिंता कम करने की अन्य दृष्टिकोण पूर्व-निर्दिष्ट ऑफशोर स्थलों के रूप में प्राप्ति केंद्र बनाना है। अन्य महत्त्वपूर्ण कारक अंतरिक्ष आधारित ऊर्जा संयंत्र पर आनेवाली लागत है, जिसे कम करना आवश्यक है।

कक्षा में उपग्रह की मरम्मत और पुनः ईंधन भरना

ऐसे सैकड़ों प्रचालनात्मक वाणिज्यिक उपग्रह तथा सरकारी अंतरिक्ष क्राफ्ट हैं, जो कक्षा में इस समय मौजूद हैं। इनमें से अनेक उपग्रहों का ईंधन खत्म हो जाएगा, जबकि इन उपग्रहों को कक्षा में भेजने पर भारी रकम खर्च की गई है। इस दिशा में हमारा लक्ष्य ईंधन की आपूर्ति मरम्मत तथा सर्विसिंग के लिए इष्टतम समाधान ढूँढ़ना है। रोबोट विज्ञान एवं कृत्रिम बुद्धि में प्रगति से अंतरिक्ष में ऐसे कार्य करने का मार्ग प्रशस्त होगा। उपग्रह में किसी भी प्रकार की मरम्मत के लिए रोबोट को भेजा जा सकता है।

अंतरिक्ष से कचरा बटोरना

अंतरिक्ष कचरा पृथ्वी के चारों ओर कक्षा में मानव-निर्मित पदार्थों का संग्रह है, जो अब बेकार हो चुके हैं। इस कचरे में ठोस रॉकेट मोटर से धूल, पेंट की उखड़ी परतें, रोरसैट द्वारा छोड़ा गया कूलेंट, छोटी-छोटी सुइयों के कलस्टर तथा माइक्रो-मीटरॉयड्स के प्रभाव के कारण निकले

पदार्थ शामिल हैं। ये पदार्थ अंतरिक्ष यान के मार्ग में फैले हैं, अतः यहाँ कचरे के टकराने का खतरा बना रहता है।

कचरे को कम करने के लिए अनेक उपाय सुझाए गए हैं, जिनमें भू-स्थैतिक उपग्रह स्वयं नष्ट होकर ग्रेवयार्ड कक्षा में चले जाएँगे। इसी तरह से अन्य तरीका वायुमंडलीय ड्रैग से उपग्रह का कक्षा से बाहर आना है। अन्य प्रस्ताविक समाधान इलेक्ट्रोडायनामिक टीथर को प्रक्षेपित करते समय अंतरिक्ष यान के साथ लगाना है। इन सुझावों में अटैचमेंट लगाना 'लेजर ब्रूम' की व्यवस्था है।

अंतरिक्ष कॉलोनी

विश्व की कुल आबादी 6 अरब से अधिक होने जा रही है। अगले 100 वर्षों में, यह आँकड़ा 30 अरब होने की संभावना है। इतनी संख्या में लोगों को बसाने और अंतरिक्ष में शहर बनाने की संभावनाओं का पता लगाने के प्रयास किए जा रहे हैं। इस कॉलोनी में हवा, पानी, झील और पहाड़ होंगे। यहाँ पर पृथ्वी के समान गुरुत्वाकर्षण तथा वायुमंडलीय संरचना, वायु दाब और तापमान होगा, ताकि पृथ्वी की तरह लोग यहाँ खड़े होकर चल सकें। उपग्रह पर व्यापक परावर्ती (reflective) शीशे लगे होंगे, जिससे उपग्रह पर प्रकाश मिलेगा और सूर्य की किरणें कॉलोनी पर प्रतिबिंबित होंगी। इस कॉलोनी में कृषि, पशु, पेड़-पौधे भी होंगे।

अंतरिक्ष उद्योग

अगली औद्योगिक क्रांति के साथ भावी पीढ़ी के लिए अंतरिक्ष महत्त्वपूर्ण उद्यम है। चंद्रमा और मंगल ग्रह पर अन्य स्थानिक (exotic) संसाधन एवं कम गुरुत्वाकर्षण है। यहाँ मानव जाति की समृद्धि की व्यापक संभावनाएँ हैं। ग्रहों पर खनन के लिए नूतन विधियों की

आवश्यकता होगी, ताकि पृथ्वी पर भारी मात्रा में कच्चा माल पहुँचाया जा सके। अंतर्ग्रहीय यात्रा के लिए चंद्रमा महत्त्वपूर्ण हब बन सकता है। तरंगों के लिए चंद्रमा का आकाश साफ है। दूरी पर स्थित इंटर प्लेनेटरी संचार सिस्टम से चंद्रमा संचार स्टेशनों को पृथ्वी रेडियो उत्सर्जन से बचाएगा। इस प्रकार से चंद्रमा पर अंतर्ग्रहीय यात्रा के लिए लॉञ्च, बेस बनाया जा सकता है तथा यह 'दूरसंचार हब' बन सकता है। चंद्रमा पर खनन अन्वेषण के माध्यम से सौर तथा अन्य अक्षय ऊर्जा एवं थर्मोन्यूक्लियर विलयन (फ्यूजन) पूरा किया जा सकेगा। यहाँ बड़ी मात्रा में उपलब्ध हीलियम-3 भावी ऊर्जा माँग के लिए महत्त्वपूर्ण समाधान होगा। चाँद और मंगल ग्रह पर शुष्क बर्फ के भंडार रॉकेट इंजन के लिए ईंधन का स्रोत होंगे।

विश्व अंतरिक्ष विजन 2050

अंतरिक्ष समुदाय के समक्ष चुनौतियाँ

पूरा विश्व भावी अनुसंधान, विकास और मिशन में लगा है। ये प्रयास सौर प्रणाली तथा इससे परे अन्वेषण, अतिरिक्त भौमिक (terristrial) जीवन, चंद्रमा व मंगल ग्रह पर और अधिक अन्वेषण से जुड़े हैं। इस दृष्टि से अंतरिक्ष समुदाय को निम्नलिखित चुनौतियों का सामना करना होगा—

1. पृथ्वी पर मानव जीवन के सामने बड़ी समस्या तथा पर्यावरण के बचाव के लिए अनेक क्षेत्रों में अनुसंधान की जरूरत है; जैसे—वायुमंडल का समेकित अध्ययन, सटीक पूर्वानुमान तथा जलवायु और मौसम की सही भविष्यवाणी, भूकंप पूर्वानुमान में उपलब्धि, ऊर्जा निर्भरता, विश्व की बढ़ती आबादी के लिए पानी की समस्याओं का समाधान, वैश्विक स्तर पर शिक्षा और स्वास्थ्य

में सुधार। इन सभी पक्षों में एकीकृत ग्लोबल दृष्टिकोणों एवं समस्त देशों के बीच समन्वय की आवश्यकता है।

2. पिछले 50 वर्षों में अंतरिक्ष विज्ञान, प्रौद्योगिकी तथा अनुप्रयोगों में काफी-प्रगति हुई है। अपने ग्रह के बारे में हमारी जानकारी सीमित है और चंद्रमा, मंगल एवं अन्य ग्रहों तथा सौरमंडल से संबंधित हमारा ज्ञान और भी सीमित है। अत: अकेले किसी राष्ट्र के लिए ऐसे मिशन की आयोजना एवं संचालन कार्य एक दुरूह कार्य होगा।
3. पिछले 50 वर्षों में अंतरिक्ष में उड़ान भरनेवाले राष्ट्रों ने कोर क्षमताएँ विकसित कर ली हैं। इन देशों में प्रक्षेपण यान तथा अंतरिक्ष यान विशेषज्ञ मौजूद हैं। अनेक सहायक प्रयासों के साथ द्वि पक्षीय तथा बहुपक्षीय भागीदारी से अनेक मिशन चलाए जा रहे हैं। सवाल यह उठता है कि अगले 50 वर्षों की चुनौतियों के सामने क्या यह अंतरराष्ट्रीय सहयोग बना रहेगा? राजनीतिक इच्छा-शक्ति तथा ग्रह के कल्याण की चिंता को ऐसे अंतरराष्ट्रीय मिशन का फोकस बिंदु बनना पड़ेगा।
4. मिशन के विकास में प्रमुख बाधा युवा मानव संसाधनों की कमी है। हमें ऐसे ग्लोबल विजन की जरूरत है, जिसकी ओर युवा वर्ग आकर्षित हो। उसे अपने सपने साकार करने के लिए प्रेरणा मिले। युवा प्रतिभा को ढूँढ़ने तथा प्रशिक्षण का आज अंतरराष्ट्रीय स्तर पर महत्त्व है।
5. अनेक भागीदार यह महसूस करते हैं कि मानव जाति के कल्याण के लिए सृजित अंतरिक्ष प्रौद्योगिकी के बारे में आम जनता के साथ अंतरिक्ष समुदाय का संपर्क अपेक्षित स्तर का नहीं है।

अगले 50 वर्षों में अंतरिक्ष पूर्वानुमान में आनेवाले बदलाव

अंतरिक्ष यात्रा करनेवाले प्रमुख राष्ट्रों की वर्तमान क्षमताओं का इष्टतम उपयोग नहीं हो रहा है। विश्व के प्रक्षेपण यान, अंतरिक्ष यान, अनुप्रयोग की क्षमताएँ, अंतरिक्ष अनुसंधान की संभावनाएँ और अंतरिक्ष 2050 कार्यक्रमों में आनेवाली भारी लागत को देखते हुए सभी राष्ट्रों को समग्रत: मानव जाति के कल्याण हेतु मिलकर कार्य करना होगा। यह तभी संभव है, जब प्रत्येक राष्ट्र प्रौद्योगिकी एवं संसाधन की दृष्टि से यथेष्ट योगदान देगा और सभी राष्ट्रों में पारस्परिक सहयोग होगा।

सन् 1957 में अंतरिक्ष युग के पदार्पण से पृथ्वी, वायुमंडल और बाह्य अंतरिक्ष के बारे में मानव का ज्ञान भंडार बढ़ा है। इससे मानव जाति के जीवन की गुणवत्ता में भी सुधार हुआ है। विश्व अंतरिक्ष समुदाय अगले 50 वर्षों के लिए अंतरिक्ष विजन विकसित कर सकता है, ताकि ऊर्जा, पर्यावरण, जल और खनिज से जुड़े ज्वलंत मुद्दों को सुलझाया जा सके। इस विजन से मानव जीवन की गुणवत्ता बढ़ेगी, अंतरिक्ष खोज की प्रेरणा मिलेगी तथा सभी राष्ट्रों की अंतरिक्ष सुरक्षा सुनिश्चित होगी। इस विजन के तीन घटक हैं—

1. व्यापक स्तर पर सामाजिक मिशन एवं अंतरिक्ष तक कम खर्चे में पहुँच।
2. विशद अंतरिक्ष सुरक्षा आयोजना।
3. अंतरिक्ष खोज और वर्तमान अनुप्रयोग मिशन।

अंतरराष्ट्रीय अंतरिक्ष समुदाय साझा मंच पर मिल-जुलकर विश्व अंतरिक्ष परिषद् की संकल्पना विकसित करके इसे कार्यान्वित कर सकता है। इस परिषद् में अंतरिक्ष यात्रा करनेवाले राष्ट्र शामिल होंगे। यह परिषद् विश्व अंतरिक्ष विजन 2050 निरूपित करेगी। वैश्विक भागीदारी से विश्व अंतरिक्ष परिषद् अन्वेषण, ऊर्जा एवं सामाजिक मिशन की आयोजना और

कार्यान्वयन की निगरानी करेगी। ऐसे एकीकृत दृष्टिकोण से विश्व अंतरिक्ष विज्ञान और प्रौद्योगिकी क्षेत्र में विश्व के सभी राष्ट्रों के कल्याण के लिए प्रगतिशील होगा। आज समय की माँग है कि विश्व अंतरिक्ष विजन के कार्यान्वयन शांतिमय एवं सुरक्षित विश्व के लिए जीवन की गुणवत्ता बढ़ाने के प्रयोजनार्थ 'वैश्विक अंतरिक्ष पहल' के रूप में कार्य किया जाए।

भावी अंतरिक्ष सीमाएँ

"मानव जाति पृथ्वी के पालने से बाहर निकलकर अंतरिक्ष की नई सीमाओं का वैसे ही पता लगाएगी, जैसे बच्चा अपने पालने से बाहर आकर आसपास मौजूद वस्तुओं का पता लगाता है।"

वर्ष 2020 के बाद कोई कल्पना कर सकता है कि अंतरिक्ष पर्यटन लोकप्रिय हो जाएगा, जिसमें चंद्रमा तथा इससे भी आगे मंगल ग्रह की यात्रा शामिल है। इस यात्रा में हाइपरप्लेन जैसे पुन: इस्तेमाल योग्य यान का इस्तेमाल किया जाएगा। ऊर्जा उत्पादन के लिए हीलियम-3 जैसे विरले संसाधनों के खनन के लिए चंद्रमा और मंगल पर कारखाने खोले जाएँगे। अंतरिक्ष की सीमाओं के अन्वेषण के लिए चंद्रमा भावी प्रक्षेपण स्टेशन बनाया जाएगा, क्योंकि चंद्रमा का गुरुत्वाकर्षण पृथ्वी का 1/6 है। ऊर्जा की माँग बढ़ती जा रही है, अत: अनेक राष्ट्र सौर ऊर्जा उपग्रहों पर आश्रित हैं। यह एस.बी.एस. बनाकर अंतरिक्ष में भू-स्थैतिक कक्षा में लॉञ्च किया जा सकता है। पृथ्वी जैसे अन्य पर्यावास योग्य ग्रहों के बारे में नए निष्कर्ष मिलने से केपलर 22 तथा जी.जे. 667 सी हों जैसे अन्य उपग्रह पर बस्तियाँ बसाने की संभावना बढ़ जाएगी।

ऐसा भी दिन आएगा, जब मनुष्य अंतरिक्ष तथा सौरमंडल से बाहर अन्य ग्रहों पर बस्तियाँ बसाएगा तथा अंतत: आकाशगंगा पर विजय पाएगा। मानव जाति छुट्टियाँ बिताने के लिए धरती माँ के पास आया करेगी।

मिशन प्रौद्योगिकी

मिसाइल प्रौद्योगिकी

मिसाइल का इतिहास वैदिक युग तक जाता है। उस समय भारतीय योद्धा इसे 'अस्त्र' के नाम से जानते थे। 'महाभारत' और 'रामायण' में ऐसे अनेक उदाहरण पाए जाते हैं, जिनसे यह तथ्य प्रमाणित होता है। ये भयानक हथियार तथा इनकी प्रौद्योगिकी से जुड़ा साहित्य आगे चलकर छिपा लिया गया, ताकि भविष्य में कोई ऐसी अनहोनी घटना न घटे, जिससे मानव जाति को खतरा उत्पन्न हो जाए। प्राचीनकाल में अस्त्रों का प्रयोग मंत्र द्वारा नियंत्रित होता था, जिसका अर्थ ऐसी ध्वनि, वर्ज या शब्दों का समुच्चय है, जिससे परिवर्तन लाया जा सकता है। यह मंत्र आधुनिककाल की मिसाइल के मिशन कंट्रोल सॉफ्टवेयर से जोड़ा जा सकता है।

लैटिन शब्द 'mitter' से मिसाइल की व्युत्पत्ति हुई है, जिसका अर्थ 'भेजना' है। सामान्य सैन्य बोलचाल में 'मिसाइल' शब्द शक्तिशाली लक्ष्यबद्ध युद्ध सामग्री का उल्लेख करता है, जबकि 'रॉकेट' शक्तिशाली अ-लक्ष्यबद्ध युद्ध सामग्री का द्योतक है। ऊर्जा रहित, लक्ष्यबद्ध युद्ध सामग्री लक्षित बम कहलाती है।

भारत का मिसाइल कार्यक्रम

भारत में रक्षा अनुसंधान का कार्य सन् 1958 में प्रारंभ हुआ। डॉ. डी.एस. कोठारी प्रख्यात शिक्षाविद् तथा भौतिक-शास्त्री होने के साथ-साथ अत्यधिक सफल नेता और आयोजक थे। उन्होंने रक्षा मंत्री के वैज्ञानिक सलाहकार और अध्यक्ष का कार्यभार सँभाला। अनेक वर्षों तक डी.आर.डी.ओ. ने विभिन्न दिशाओं में प्रगति की तथा मिसाइल, शस्त्रीकरण, लड़ाकू यान इंजीनियरिंग, इलेक्ट्रॉनिक युद्ध सामग्री, राडार एयरोनॉटिक्स, पदार्थ आदि जैसे विभिन्न क्षेत्रों में अधुनातन सिस्टम

और प्रौद्योगिकी उत्पादन में क्षमता सिद्ध की।

डी.आर.डी.ओ. का मिशन सेनाओं के लिए अधुनातन उपकरण और शस्त्र प्रणालियों का डिजाइन तैयार करके विकसित करना है, ताकि महत्त्वपूर्ण प्रौद्योगिकी में आत्मनिर्भरता हासिल की जा सके। पिछले 50 वर्षों के दौरान डी.आर.डी.ओ. ने अद्भुत संगठन के रूप में अपनी पहचान बनाई तथा मिसाइल, इलेक्ट्रॉनिक युद्ध सामग्री, जलगत सिस्टम से लेकर ऐसी सामग्री तक विभिन्न क्षेत्रों में गुणवत्तावाली प्रौद्योगिकी और वैज्ञानिकों को प्रोत्साहन दिया, जिसमें उन्नत कंपोजिट, प्रोसेर्स सुपर कंप्यूटर्स, रोबोटिक्स, राडार और एन.बी.सी. युद्ध सामग्री शामिल है।

एंटीटैंक तथा जमीन से हवा में प्रहार करने वाली मिसाइल, 'पृथ्वी', 'अग्नि', 'त्रिशूल', 'आकाश' 'नाग' जैसी पाँच प्रमुख परियोजनाओं, सुपर कंप्यूटिंग, कंप्यूटेशनल 'फ्लूड' डायनॉमिक्स उच्च्व सटीकता के सेंसर आदि जैसे प्रयासों के परिणामस्वरूप विभिन्न क्षेत्रों में विशिष्ट उपलब्धियाँ हासिल हुई हैं।

अति महत्त्वपूर्ण प्रौद्योगिकियों का विकास

अति महत्त्वपूर्ण प्रौद्योगिकियों के निर्माण का कार्य चुनौतियों से भरा पड़ा है। महत्त्वपूर्ण उप-सिस्टम प्राप्त करना काफी संवेदनशील कार्य है। इसी प्रकार से अवधारणा से प्राप्ति तथा गुणवत्ता तक प्रबंधन-कार्य भी जटिल मसला है। उच्च्व प्रौद्योगिकी उन्मुख सिस्टम के विकास से अति महत्त्वपूर्ण प्रौद्योगिकी का विकास आवश्यक हो गया है। आवश्यकता का सही आकलन अति महत्त्वपूर्ण प्रौद्योगिकी निर्णायक भूमिका निभाते हैं। इस आकलन के आधार पर श्रम शक्ति, बुनियादी संरचना तथा पूँजी जैसी अपेक्षाएँ उपलब्ध करानी हैं, ताकि निर्धारित लक्ष्य प्राप्त किए जा सकें।

ज्ञान के माध्यम से क्षमता का विकास

नई प्रौद्योगिकी का विकास चुनौतीपूर्ण कार्य है। इस मार्ग में अनेक जटिलताएँ पाई जाती हैं। इस क्षेत्र में अनेक प्रभावकारी कारक हैं, जैसे— डिजाइन और विकास, विनिर्माण क्षमताएँ, गुणवत्ता नियंत्रण तथा नई प्रौद्योगिकी के सफलतापूर्वक विकास के प्रति ग्राहक की संतुष्टि आदि।

ज्ञान बहुमुखी माध्यम या साधन है तथा मूल्य-वर्धन में इसका योगदान बहुमूल्य है। ज्ञान की प्रमुख भूमिका डिजाइन से जुड़ी है, जिसका किसी मूल्य अभिवर्धन में महत्त्वपूर्ण योगदान है। लागत, गुणवत्ता, विश्वसनीयता और उत्पादन क्षमता जैसे अन्य पैरामीटर डिजाइन पर निर्भर करते हैं। डिजाइन की प्रभावोत्पादकता के चारों ओर गुणवत्ता में सुधार कार्य घूमता है। यदि हम किसी उत्पादन के जीवन-चक्र को देखते तो यह देखा जा सकता है कि विशिष्ट डिजाइन, प्रक्रिया विनिर्माण, सेवा और उत्पाद में सुधार, संपदा आदि जैसे विभिन्न कार्य डिजाइन के फेस पर निर्भर करते हैं, इसलिए उत्पाद में देशज डिजाइन आधारिक भूमिका निभाते हैं।

आर. एंड डी. के नए उत्पाद

नए उत्पाद के निर्माण में अनेक कौशल तथा कारक शामिल हैं। सर्वाधिक महत्त्वपूर्ण कारक अंत्य प्रयोक्ता या उपभोक्ता की आवश्यकता की समुचित समझ है। किसी विशिष्ट अपेक्षा की पूर्ति हेतु उपभोक्ता नई प्रौद्योगिकी के विकास की माँग कर सकता है। तभी प्रौद्योगिकी की जटिलता सामने आती है। इसी प्रकार से विकास की कार्यनीति, जोखिम तथा अनिश्चितता, आवश्यक गुणवत्ता, मानक उत्पाद समर्थन तथा जीवन-चक्र पर आनेवाली लागत जैसे कारक भी अपना महत्त्व रखते हैं। इन सभी कारकों के बीच संतुलन से नए उत्पाद या प्रौद्योगिकी का विकास हो पाता है। अंततः उत्पाद इतना प्रतियोगी हो कि बाजार सृजित कर सके।

इस प्रयोजनार्थ सभी प्रभावकारी कारकों का भली प्रकार से विश्लेषण किया जाना चाहिए, समझा जाना चाहिए तथा दूर करना चाहिए। कुल मिलाकर उत्पाद लागत और जीवन-चक्र की लागत की दृष्टि से उत्पाद पर कम लागत आनी चाहिए।

अनुसंधान और विकास परियोजनाओं की चुनौतियाँ

किसी परियोजना की प्रगति में अनेक बाधाएँ आती हैं। कभी-कभी प्रयोक्ता की आवश्यकता भी समय के साथ बदल जाती है तथा इसके समानांतर अपनी गति बनाए रखना प्रौद्योगिकी या उत्पाद विकास की सर्वोपरि अपेक्षा है। प्रारंभ में अनेक तकनीकी जोखिम होते हैं, जो विकासमान प्रौद्योगिकी की कठिनाइयाँ और जटिलताएँ व्यक्त करते हैं। उत्पादन अवस्था पर भारी निवेश की जरूरत होती है तथा कमी के कारण निवेश का जोखिम उत्पन्न होता है। अंततः जब कोई उत्पाद बाजार में जाता है, तभी आर्थिक जोखिम उत्पन्न होता है। अब इस क्षेत्र में निवेश को मुनाफे में बदलना जरूरी है।

प्रबंधन जटिलताएँ

विशिष्ट संगठनों की विशिष्ट भूमिकाएँ तय करके नई प्रौद्योगिकी के विकास में जटिलताओं और अनिश्चितताओं की चुनौतियों का सामना किया जाता है। इस दृष्टि से भागीदारी और कंसोर्टियम उपयोगी सिद्ध होते हैं। विकास के भागीदारों, उत्पादन भागीदारों तथा प्रयोक्ता के बीच सामंजस्य होना चाहिए। कभी-कभी अति महत्त्वपूर्ण प्रौद्योगिकी तथा उत्पादों की बहुलता बहु प्रौद्योगिक विकल्प, बहुल स्रोत, प्रौद्योगिकी सहयोग आदि जैसे अनेक समांतर द्वार खोल देती है। नई प्रौद्योगिकी के विकास में जटिलताओं का सामना करने के लिए गुणवत्ता नियंत्रण और प्रबंधन

संबंधी मुद्दे बहुत प्रासंगिक होते हैं। विश्वसनीयता मॉडलिंग, सिम्युलेशन पूर्वानुमान तथा वृद्धि जैसी अनेक तकनीकों से विश्वसनीयता बढ़ाई जा सकती है। विश्लेषण मॉडलिंग तथा सिम्युलेशन में उपलब्ध नवीनतम साधन विकास संबंधी अनेक इंजीनियरिंग समस्याएँ सुलझा सकते हैं। आयोजना के मेकैनिज्म समीक्षा तथा मॉनीटरन से हम जटिल स्थितियों को समझ सकते हैं तथा समाधान ढूँढ़ सकते हैं।

प्रौद्योगिकी विकास

प्रौद्योगिकी के गुणावगुणों का सही आकलन उच्च प्रौद्योगिकी तथा सिस्टम के विकास में महत्त्वपूर्ण कारक है। व्यवस्थित दृष्टिकोण, कार्य-कलाप का नियमन, अपेक्षित तकनीकी एवं प्रबंधकीय इनपुट की व्यवस्था, कंसोर्टियम, विकास प्रक्रिया के दौरान हमेशा प्रयोक्ता पर फोकस, गुणवत्ता और विश्वसनीयता इनपुट, समुचित समीक्षा और मॉनीटरन प्रणालियाँ, अंततः उत्पादन एजेंसी का समावेश आदि से वैश्विक प्रतियोगी उत्पाद का मार्ग प्रशस्त होगा। केस अध्ययनों से क्रिटिकल प्रौद्योगिकियों के विकास में अपनाई गई मेकैनिज्म और विधियों की जानकारी मिलती है। निस्संदेह ऐसे अनेक क्षेत्र हैं, जहाँ भारत क्षमता-अर्जन में आत्मनिर्भर हो चुका है तथा अति महत्त्वपूर्ण प्रौद्योगिकियों पर उसका अधिकार सिद्ध हो चुका है।

अस्वीकृति वरदान बनी

मिसाइल टेक्नोलॉजी कंट्रोल रिजीम ने भारत को प्रमुख मिसाइल प्रौद्योगिकियों से मना कर दिया था, लेकिन भारत ने इस अस्वीकृति को अपनी मिसाइल प्रौद्योगिकी के विकास के अवसर में बदल दिया। आई.जी.एम.डी.पी. के दौरान अनेक मुख्य प्रौद्योगिकियाँ देशज रूप में

विकसित की गईं तथा वास्तविक उत्पाद तैयार किए गए। कुछ ऐसी प्रौद्योगिकियाँ इस प्रकार हैं—नियंत्रण और मार्गदर्शन इमेज प्रोसेसिंग, लक्ष्य-बेधन सुपर कंप्यूटर का विकास, लक्ष्य-निर्धारण के लिए राडार उन्नत कंपोजिट आदि। सर्वाधिक महत्त्वपूर्ण यह है कि समानांतर रूप में ऐसे उद्योग विकसित किए गए तथा उप-प्रणालियाँ इन उद्योगों द्वारा विनिर्मित की गईं। प्रणोदन प्रौद्योगिकी तथा द्रव इंजन प्रौद्योगिकी में विकास संबंधी प्रयास सभी मिसाइल प्रणालियों के लिए उल्लेखनीय हैं।

आई.जी.एम.डी.पी. का वैश्विक आकलन सुझाव देता है कि सभी मिसाइलों के निष्पादन पर डिजाइन की प्रारंभिक अवस्था से लेकर निष्पादन की अवस्था तक सुविचारित ढंग से विमर्श किया गया। आज 'पृथ्वी' और 'अग्नि' सामरिक मिसाइल बन चुकी हैं, जिन पर परमाणु स्फोट शीर्ष (warhead) लगे हैं। बहुलक्ष्यवाली जमीन से हवा में वार करने वाली मिसाइल 'आकाश' को वायु सेना और थल सेना में शामिल कर लिया गया है। तीसरी पीढ़ी की अत्याधुनिक टैंक रोधी मिसाइल 'नाग' शीघ्र ही सेना में शामिल कर ली जाएगी।

प्रक्षेपास्त्र (मिसाइल) रक्षा प्रणाली

वर्ष 1950 के दशक में मिसाइल की नई संकल्पना की लोग कल्पना करने लग गए थे। वैज्ञानिकों का ध्यान प्रक्षेपास्त्रों, उनके दागने की संसूचना तथा उसका पता लगाने के लिए प्रौद्योगिकी के विकास पर केंद्रित था। मिसाइल प्रतिरक्षा विभिन्न विशेषताओं के आधार पर दो श्रेणियों में विभक्त है—प्रकार/रेंज; प्रक्षेपास्त्र या किसी ट्रेजेक्टरी अवस्था पर बीच में ही रोकी जा सकती है। मिसाइल की इंटरसैप अवस्थिति अंत: वायुमंडल या बाह्य वायुमंडल हो सकती है।

क्रूज मिसाइल 'ब्रह्मोस'

बीसवीं सदी के उत्तरार्ध में युद्ध के बदलते स्वरूप के कारण अनेक नए हथियार विकसित किए गए। खाड़ी युद्ध में प्रमुख अस्त्र टॉमहॉक क्रूज मिसाइल थी, जिसने शत्रु की संचार प्रणाली 'नियंत्रण केंद्र' पावर सप्लाई, मिसाइल और गोला-बारूद डिपो तथा एयर फील्ड जैसी परिसंपत्तियाँ नष्ट कर दी थीं।

भारत ने प्रारंभ में एंटीशिप मिसाइल के रूप में क्रूज मिसाइल का डिजाइन बनाने तथा विकास का कार्य किया। क्रूज मिसाइल स्वत: प्रणोदित लक्ष्यबद्ध एयरबोर्न यान है। इस प्रौद्योगिकी में टर्बोजेट, द्रव-रैमजेट एवं ठोस रैमजेट तथा सक्रैम जैट जैसी विभिन्न प्रणोदन प्रणालियाँ इस्तेमाल में लाई जाती हैं। इस मिसाइल के लाभ इस प्रकार हैं—

(क) उड़ान के दौरान थ्रस्ट पर नियंत्रण।

(ख) उन्नतांश की व्यापक रेंज पर प्रचालन क्षमता।

(ग) छोटा आकार, जिससे न्यूनतम राडार क्रॉस सेक्शन सिगनेचर की विशेषता पाई जाती है।

(घ) वायुमंडल से ऑक्सीडाइजर के कारण ईंधन की किफायत।

(ङ) अत्यधिक शुद्धता।

इसके अतिरिक्त, यदि सुपरसोनिक गति है तो लक्ष्य-बेधन की दृष्टि से अत्यधिक प्रभावशाली है तथा दुश्मन को बचाव का पर्याप्त समय नहीं मिल पाता। भारत ने जे.वी. मोड में बहु-भूमिकावाली सुपरसोनिक क्रूज मिसाइल का निर्णय लिया है। इस दृष्टि से यह न्यायसंगत है कि भारत और रूस ऐसे एकमात्र देश हैं, जहाँ विश्व की उन्नत लक्ष्यबद्ध मिसाइल प्रणाली है। 'ब्रह्मोस' विश्व की अग्रणी मिसाइल है तथा गति, शुद्धता एवं शक्ति की दृष्टि से विश्व में इसके समतुल्य क्रूज मिसाइल नहीं है।

इस प्रकार से भारत ने प्रमुख मिसाइल प्रौद्योगिकियों पर अधिकार

पा लिया है। बहु शैक्षिक संस्थाओं, अनुसंधान एवं विकास प्रयोगशालाओं और उद्योगों की मदद से लड़ाकू मिसाइल प्रौद्योगिकी नियंत्रण क्षेत्रों पर उसका आधिपत्य है। आज भारत किसी भी मिसाइल सिस्टम के डिजाइन और विकास में आत्मनिर्भर है। भारत मिसाइल शक्ति का रूप ले चुका है। सहयोग और संयुक्त उद्यमों से नया कामकाजी माहौल बना है। वस्तुतः 'ब्रह्मोस' भारत को विकसित देशों की अगली पंक्ति में ले आया है। इन कार्यक्रमों की सफलता से देशवासियों में यह आत्मविश्वास उत्पन्न हुआ है कि हम भी विश्व स्तर की प्रौद्योगिकी विकसित कर सकते हैं।

युद्ध परिदृश्य के बदलते आयाम

युद्ध के अस्त्र-शस्त्र विकास की विभिन्न अवस्थाओं से गुजरे हैं। लंबी यात्रा के बाद बीसवीं सदी में नए हथियार तथा प्लेटफॉर्म सामने आए हैं। इक्कीसवीं सदी में 'ब्रह्मोस' सुपर सोनिक मिसाइल विकसित हुई, जो अत्यधिक घूमनेवाली बहु उपयोगी एवं बहूद्देश्यीय है तथा इसकी अनेक भूमिकाएँ हैं। इसमें गहरे समुद्र तथा अंतरिक्ष में 'नेटवर्क' सेंसर और अस्त्रों का इस्तेमाल किया जाता है। भावी युद्धों की गति इतनी तेज होगी कि हिदायतें तथा सलाह लेने के लिए मुख्यालय लौटने का समय नहीं। ऐसे माहौल में विशिष्ट परंपरागत संरचना असफल हो जाएगी। नेटवर्क सेंट्रिक युद्ध सामग्री के कारण (attrition) शैली परिवर्तित हो चुकी है तथा इसका स्थान कमांड की गति और स्वतः (सिन्क्रोनाइजेशन) की नई अवधारणा के अनुसार, अधिक तीव्र और प्रभावी युद्ध, शैली ले रही है। 'ब्रह्मोस' आज के युग में स्वतंत्र अस्त्र के रूप में इस्तेमाल हो रहा है।

हाइपरसोनिक

अलग-अलग रेंज की विभिन्न प्रकार की क्रूज मिसाइलें हैं। अधिकांश देशों में इनका डिजाइन उपलब्ध है। विशिष्ट प्रेरणा (impulse) के अनुसार विभिन्न गति प्रणाली (regime) के लिए भिन्न-भिन्न प्रणोदन प्रणालियाँ इस्तेमाल की जाती हैं। रूस के साथ संयुक्त उद्यम के रूप में भारत पहले ही सुपरसोनिक क्रूज मिसाइल विकसित करके आरंभ कर चुका है। भारत और रूस के बीच हाइपरसोनिक क्रूज मिसाइल के डिजाइन और विकास पर अनुबंध हो चुका है। भविष्य हाइपरसोनिक प्रणाली पर आधारित है।

जब हम हिंदू धर्म में वर्णित पौराणिक अस्त्र तथा भगवान् विष्णु के सुदर्शन चक्र के बारे में सोचते हैं तो इस चक्र के प्रौद्योगिकीय चमत्कार (marvel) ध्यान में आते हैं। दाएँ हाथ की तर्जनी पर यह हमेशा गतिशील रहता है तथा शत्रु को मारकर लौट आता है। क्या हम ऐसे अस्त्र की कल्पना कर सकते हैं, जो अत्यधिक तेज गति से उड़ सकता है, मिशन पूरा करता है तथा हमारी धरती पर लौट आता है? यही अस्त्र हाइपरसोनिक पुनः इस्तेमाल योग्य मिसाइल कहलाती है।

हाइपरसोनिक अनुसंधान केंद्र

अकादमी तथा अनुसंधान और विकास प्रयोगशालाओं के कंसोर्टियम के रूप में एयरोस्पेस क्षेत्र सहित उन्नत प्रौद्योगिकियों में वैज्ञानिक अनुसंधान के लिए 12 जून, 2011 को उच्च गति के एयरोडायनेमिक्स में उत्कृष्टता केंद्र की स्थापना के बारे में समझौता ज्ञापन पर हस्ताक्षर किए गए। यह समझौता 'ब्रह्मोस' संयुक्त उद्यम तथा भारतीय विज्ञान संस्थान (I.I.Sc.) के बीच हुआ था। पहले चरण में उत्कृष्टता केंद्र का 8 नवंबर, 2011 को आई.आई.एस.सी. के प्रांगण में उद्घाटन किया गया। स्थापित उत्कृष्टता केंद्र उच्च गति के डायनेमिक्स तथा हाइपरसोनिक प्रवाह नियंत्रण स्क्रैम

जेट, एम.ई.एम.एस. आदि जैसे अंतः विद्यायी क्षेत्रों पर फोकस है। इसी प्रकार से 'ब्रह्मोस' संयुक्त उद्यम तथा मास्को विमानन संस्थान (एम.ए.आई.) के बीच एयरोडायनेमिक्स अनुसंधान केंद्र के गठन पर समझौता ज्ञापन हुआ। इस अनुसंधान केंद्र के माध्यम से भारत विश्व स्तर के अनूठे अनुसंधान परिणाम हासिल करेगा, जिसके परिणामस्वरूप पुनः इस्तेमाल योग्य क्रूज मिसाइल तथा बहूउपयोगी एकल अवस्था से कक्षागत हाइपरप्लेन का इस्तेमाल संभव हो पाएगा।

उदीयमान सामरिक प्रौद्योगिकी—सी 412 एस.आर.

उपग्रह प्रौद्योगिकी तथा स्मार्ट पदार्थ प्रणोदन प्रणालियों आदि जैसे अन्य प्रौद्योगिकियों के साथ सूचना प्रौद्योगिकी में विकास का सैन्य सामग्री पर प्रभाव पड़ेगा। 21वीं सदी के युद्ध के परिदृश्य में उच्च प्रौद्योगिकी के हथियार तथा सिस्टम और दूसरी ओर डिफ्यूज युद्धक्षेत्र होगा। डिजिटल युद्धक्षेत्र की प्रौद्योगिकियाँ सी 412 एस.आर. नेटवर्क इलेक्ट्रॉनिक हथियार तथा सूचना संबंधी युद्ध सामग्री से युद्ध का स्वरूप ही बदल जाएगा। साथ ही विश्व क्षेत्रीय सक्षमताओं, निम्न स्तर के द्वंद्वों, परोक्ष युद्ध तथा आतंकवाद की समस्याएँ भी झेल रहा है।

आज मिसाइल रोधी प्रतिरक्षा की नई क्षमताएँ, बीम-युक्त ऊर्जा अस्त्र तथा अ-घातक अस्त्र विकसित हो रहे हैं तथा युद्धक्षेत्र भू-कक्षा से बाहर गहरे महासागर तथा अंतरिक्ष तक फैल रहा है। भावी मिसाइल सिस्टम स्वीकृत रूप में इस परिवेश में प्रचालित करना होगा। यह परिवेश प्लेटफॉर्म, अस्त्रों, सेंसर, कमांड और कंट्रोल सूचना प्रौद्योगिकी का समुच्चय है। इससे भावी अस्त्र प्रणालियों के लिए अपेक्षित बल का बहु-अनुप्रयोग किया जाएगा।

प्रौद्योगिकी का भौतिक युद्ध सामग्री पर वर्चस्व होगा। यहाँ मानव-

रहित युद्ध सामग्री केंद्र में होगी। मानव-रहित विमान ऊँचाई पर उड़ते हुए मिसाइल पर फायरिंग कर सकते हैं। सैनिक माइक्रो यू.ए.वी. का इस्तेमाल करके सूचना की सीरिज दे सकता है। मानव-रहित जलगत यान गहरे पानी में जाकर दुश्मन की पोजीशन का पता लगाकर निशाना साध सकता है। मानव-रहित ग्राउंड यान रिमोट कंट्रोल से बारूदी सुरंगों का पता लगाकर बाधा पैदा कर सकते हैं तथा फायर कर सकते हैं। इसी प्रकार से मानव-रहित लड़ाकू विमानों के लिए मनुष्यों को सीधे शामिल नहीं होना पड़ता।

अतएव प्रौद्योगिकी की सहायता से मनुष्य पीछे रहकर कार्य कर सकेंगे। मिसाइल सिस्टम के क्षेत्र में 21वीं सदी की सर्वाधिक महत्त्वपूर्ण विशेषताएँ जीरो सी.ई.पी. पोजीशन हाइपरसोनिक गति तथा पुनः उपादेयता हैं।

अन्य प्रमुख भावी विकास स्मार्ट सैनिक है। स्मार्ट सैनिक के पास एकीकृत हैलमेट होगा, जिसमें कंप्यूटर तथा सेंसर डिस्प्ले, नाइट विजन यंत्र, संचार सिस्टम आदि की व्यवस्था होगी। स्मार्ट वरदी तथा स्मार्ट जूतों से सुसज्जित होने के कारण वह सुरक्षित रहेगा। सैनिक के पास अस्त्र यंत्रीकरण की सुविधा होगी, जिसमें थर्मल शस्त्र साइट, लेजर रेंज फाइंडर, डिजिटल कंपास, जी.पी.एस. रिसीवर आदि की व्यवस्था होगी। इस प्रकार से इस प्रौद्योगिकी का भावी युद्धक्षेत्र के परिदृश्य पर गहरा प्रभाव पड़ेगा।

हरित प्रौद्योगिकी

औद्योगिकीकरण की तीव्र प्रगति के जरिए प्रौद्योगिकी क्रांति से पारितंत्र में असंतुलन आया है। आज सबसे बड़ी चुनौती ग्लोबल वार्मिंग है। इससे पृथ्वी के वायुमंडल तथा महासागर के औसतन तापमान में

लगातार वृद्धि हो रही है। इसका कारण वायुमंडल में लगातार व्याप्त हो रही ग्रीन हाउस गैसों का सांद्रण हैं। यह परिस्थिति वन काटने तथा जीवाश्म ईंधन जलाने जैसे मानवीय कार्यकलापों के कारण उत्पन्न हुई है। हरित प्रौद्योगिकी का इस्तेमाल करते हुए सतत विकास के माध्यम से धरती माँ को बचाने के लिए जागरूकता उत्पन्न हुई है।

हरित प्रौद्योगिकी पर्यावरण के अनुकूल प्रक्रिया है, जिसका इस प्रकार से इस्तेमाल किया जाता है कि प्राकृतिक संसाधनों तथा पर्यावरण का संरक्षण हो। प्रकृति के संसाधन और पारितंत्र सेवाओं का ह्रास होता जा रहा है, फिर भी मनुष्य की ऐसे संसाधनों की माँग बढ़ती जा रही है। हरित प्रौद्योगिकी के जरिए ऐसे समाधान ढूँढ़ने हैं कि धरती के संसाधन क्षतिग्रस्त न हों। प्राकृतिक संसाधनों के पुनः प्रयोग पारितंत्र के रख-रखाव में अधिक महत्त्वपूर्ण होता जा रहा है। इस प्रौद्योगिकी का मुख्य लक्ष्य प्राकृतिक संसाधनों को क्षति पहुँचाए बिना समाज की आवश्यकताओं की पूर्ति, पुनः प्रयोग, उत्पादन और खपत के पैटर्न बदलते हुए कचरे तथा प्रदूषण को कम करना है। समाज, पर्यावरण तथा अर्थव्यवस्था सतत विकास के पूरक हैं। सतत विकास में सामाजिक, हरित प्रौद्योगिकी तथा मानव संसाधनों के सभी भाग शामिल हैं। आज विश्व जीवाश्म ऊर्जा उत्पादन की जगह सौर ऊर्जा जैसी स्वच्छ प्रौद्योगिकी की ओर उन्मुख है।

कृषि में ग्रीन या स्वच्छ प्रौद्योगिकी

डिजाइन फार्म वाहन तथा फार्म उपस्कर आदि जैसी सहायक प्रौद्योगिकियों में 100 प्रतिशत जैव ईंधन इस्तेमाल किया जाता है। खेती बाड़ी के ये उपस्कर बिजली से चलते हैं। ऐसी प्रौद्योगिकी का विकास करते समय पर्यावरण को समुचित ध्यान में रखा गया है। इसके अलावा, अत्याधुनिक फार्म मशीनें तैयार की गई हैं, जिनसे निश्चित रूप में किसानों

को मदद मिलेगी, मजदूरों पर उनकी निर्भरता कम होगी तथा उपज के प्रबंधन में वृद्धि होगी।

जलवायु इंजीनियरिंग

संपूर्ण विश्व में भू-इंजीनियरिंग परियोजनाएँ चलाई जा रही हैं तथा समस्त अनुसंधान कार्य में कंप्यूटर मॉडलिंग या प्रयोगशाला परीक्षण शामिल हैं। पेड़ लगाने एवं कूल रूफ परियोजनाएँ पहले से ही चल रही हैं तथा महासागर लौह उर्वराकरण अनुसंधान की प्रारंभिक अवस्था पर है। इस क्षेत्र में लघु स्तर पर अनुसंधान परीक्षण तथा ग्लोबल मॉडलिंग का कार्य संपन्न हो चुका है। इसके साथ-साथ कार्बन डाइऑक्साइड कैप्चर करके जियोलॉजिकल संरचनाओं में या समुद्री पानी में रखी जाती है। सौर विकिरण प्रबंधन से इनकमिंग शॉर्ट वेब (अल्टावायलेट और दृष्टिगोचर) सौर विकिरण कम किया गया है और इसमें धूप को प्रत्यावर्तित किया जाता है या वायुमंडल की परावर्तन क्षमता बढ़ाई जाती है। इसके अतिरिक्त स्ट्रेटोस्फेयर में सूक्ष्म कण धूप की परावर्तन क्षमता (reflecting) बढ़ाकर इसे अंतरिक्ष में लौटा सकते हैं। अंतरिक्ष आधारित शीशों या अन्य विशाल परावर्तक संरचनाओं से विकिरणों को परावर्तित करके अंतरिक्ष में भेजना भी सौर विकिरण प्रबंधन का एक रूप है।

प्लास्टिक के कचरे से ऊर्जा तथा ईंधन

जिस सामग्री की स्वामी, उत्पादक या प्रोसेसर को जरूरत नहीं होती, वह कचरा कहलाती है। ठोस द्रव प्लास्टिक या धातु रूप में अवशिष्ट पदार्थ या कचरा पाया जाता है। प्रौद्योगिकी के माध्यम से इस कचरे को संपदा में बदला जाता है। प्लास्टिक से ईंधन तैयार करने के लिए प्रयास किए जा रहे हैं। इसे प्लाज्मा पाइरोलाइसिस प्रौद्योगिकी (पी.पी.टी.) से

ईंधन में बदला जाता है। यह प्रक्रिया केटालिस्ट की मौजूदगी में प्लास्टिक कचरे के यादृच्छिक डि-पोलिमराइजेशन से द्रव ईंधन में परिवर्तित करने पर आधारित है। बूटीबोरी, नागपुर में यह संयंत्र लगाया गया है, जिसकी क्षमता 5MT प्रतिदिन है

प्लास्टिक की डामर सड़कें

इस परियोजना के अंतर्गत प्लास्टिक डामर सड़क बनाने में प्लास्टिक के कचरे का इस्तेमाल किया जाता है। बिटुमन तथा बजरी के मिश्रण में प्लास्टिक की थैलियों, चाय के कप तथा अन्य विभिन्न प्रकार के बेकार घरेलू प्लास्टिक सामान से निर्मित दाने मिलाए जाते हैं। इस प्रविधि के लाभ यह हैं कि ऐसी सड़क पर स्किड प्रतिरोध क्षमता तथा मजबूती अधिक पाई जाती है। इसमें गड्ढे नहीं पड़ते। सड़क की सतह लंबे समय तक टिकी रहती है। सलेम देश का पहला औद्योगिक शहर है, जहाँ प्लास्टिक डामर सड़कें बनाई गई हैं।

ठोस कचरे से बिजली

लकड़ी तथा जैव-मास ईंधन का युग बीत गया है। अगले कुछ दशकों में तेल और प्राकृतिक गैस का भी दौर समाप्त हो जाएगा। विश्व ऊर्जा फोरम ने भविष्यवाणी की है कि जीवाश्म आधारित तेल, कोयला तथा गैस के भंडार मात्र पाँच से दस दशक तक चलेंगे। जीवाश्म ईंधन पर निर्भरता कम करने तथा पर्यावरण को बचाने की चुनौती एक वैश्विक चुनौती बन चुकी है। इसके लिए ऐसे समाधान ढूँढ़ने और लागू करने की जरूरत है, जो प्रभावशाली होने के साथ-साथ किफायती भी हों। नगर के ठोस कचरे (एम.एस.डब्ल्यू.) से ऊर्जा तैयार की जाती है। भारत में मैसर्स सेल्को इंटरनेशनल लिमिटेड, हैदराबाद इस प्रकार की पहली परियोजना

है। इसकी उत्पादन क्षमता 6.6 मेगा वाट है। 5 लाख टन से भी ज्यादा ठोस कचरा प्रक्रमित करके आर.डी.एफ. प्लेट तैयार की जा रही हैं तथा विषम जातीय कचरे को बिजली में बदला जा रहा है। हरित ऊर्जा के अन्य वैकल्पिक स्रोत सौर, महासागर और वायु आदि हैं।

द्रव कचरे का प्रबंधन

बेकार पानी के उपचार के माध्यम से द्रव कचरे के प्रबंधन में झील और जल ग्राही स्रोत भी शामिल हैं। इस प्रबंधन में जल को साफ किया जाता है तथा उपचारित सीवेज का पानी सिंचाई में इस्तेमाल किया जा सकता है। पुन चक्रीय (Recycled)पानी से ताजे पानी की बढ़ती माँग में कमी आ सकती है। पर्यावरण और आस-पास की स्वच्छता में सुधार आएगा तथा जैविक स्लज को खाद के रूप में इस्तेमाल किया जा सकता है।

मिथेन गैस से पावर

जीवाश्म ईंधन से गैस निकलती है, जो ग्लोबल वार्मिंग को बढ़ावा देता है। आज वैकल्पिक ऊर्जा प्रौद्योगिकियों के विकास की नितांत आवश्यकता है। कृत्रिम प्राकृतिक गैस (एस.एन.जी.) का उत्पादन पेट्रोलियम का महत्त्वपूर्ण विकल्प है, क्योंकि परिवहन ईंधन के रूप में इसका इस्तेमाल किया जा सकता है। एस.एन.जी. अर्थात् मीथेन उत्पन्न करने के प्रयास किए जा रहे हैं। यह गैस कार्बन डाइऑक्साइड तथा हाइड्रोजन के विलयन से विशेष रिएक्टर में तैयार की जाती हैं। इस प्रक्रिया, इलेक्ट्रोलाइसिस में उत्पन्न ऑक्सीजन अत्यधिक शुद्ध होती है और इसका चिकित्सा एवं औद्योगिक अनुप्रयोगों में इस्तेमाल किया जा सकता है। आंतरिक दहन, डीजल तथा गैस के इंजन में ईंधन के रूप में मीथेन ईंधन

का तत्काल इस्तेमाल किया जा सकता है।

हरित प्रौद्योगिकी के माध्यम से उत्पादों, उपस्कर तथा सिस्टम के विकास एवं अनुप्रयोग से यकीनन प्राकृतिक वातावरण तथा संसाधनों का संरक्षण होगा, नकारात्मक प्रभाव में कमी आएगी और पर्यावरण का अवक्रमण न्यूनतम स्तर तक आ जाएगा।

निष्कर्ष

प्रौद्योगिकी में उन्नति की वर्तमान स्थिति और बुनियादी संरचना के विकास में हुई प्रगति के कारण उच्च प्रौद्योगिकी की वृद्धि में तेजी आएगी। अपेक्षित बुनियादी संरचना एवं विशेषज्ञता इस देश में उच्च प्रौद्योगिकी की उन्नति का आधार होगी। आज भारत में आत्मनिर्भर होने के लिए उच्च प्रौद्योगिकी के अनेक क्षेत्रों में उत्कृष्टता आई है। समय आ गया है कि हम अनेक प्रकार की सामग्री को पुन: देखें तथा प्रक्रमण प्रौद्योगिकियों को व्यवहार में लाने का प्रयास करें, ताकि उनके अपेक्षित लाभ उठाए जा सकें। इसके लिए विश्व भारत में शैक्षणिक, अनुसंधान संगठनों तथा उद्योगों द्वारा संयुक्त प्रयास करने की आवश्यकता है। नई सामग्री और प्रौद्योगिकी के साथ मानव जीवन की गुणवत्ता बढ़ाने पर राष्ट्रों के बीच भौगोलिक या राजनीतिक सीमाएँ आड़े नहीं आनी चाहिए। मिले-जुले प्रयासों से ही ऐसा संभव होगा, ताकि प्रौद्योगिकी क्षमताओं का लाभ उठाया जा सके। ऐसे प्रयासों में बिजनेस की महत्ता एवं आर्थिक वृद्धि की संभावनाएँ होती हैं, जिससे विश्व में शांति व समृद्धि आएगी और यह विश्व सभी के लिए एक खुशहाल जगह बन जाएगा।

□

परिवर्तन के विविध आयाम छूट

'वेद' का अर्थ ज्ञान तथा भारत में रचित पवित्र ग्रंथों का सैट है। वैदिक विज्ञान को प्राचीन भारत के सर्वाधिक समृद्ध एवं विशालतम विधा माना जाता है। इनमें भौतिकी, गणित, खगोल, ब्रह्मांड, विमानन, चिकित्सा आदि विभिन्न विषय शामिल हैं। हमारे प्राचीन ऋषियों ने ज्ञान शक्ति का उपयोग किया तथा अर्जित वैज्ञानिक जानकारी को समाज के हित में प्रयुक्त किया। महाकाव्यों में जन-शक्ति का उल्लेख किया है। जैसे महाभारत में राजा धृतराष्ट्र कुरुक्षेत्र की प्रत्येक घटना को जानना चाहते थे, तब संजय ने अपनी दिव्य दृष्टि से प्रत्येक घटना को साकार किया तथा युद्ध के समस्त घटनाक्रम का वर्णन किया। 'रामायण' में यह माना जाता है कि रावण के पास भी पुष्पक विमान था। ये कुछ उदाहरण हैं। अद्भुत आध्यात्मिक तथा मन की शक्ति तथा इन प्राचीन ग्रंथों में चित्रित बौद्धिक विचारों से आज भी हम दंग रह जाते हैं।

प्राचीन भारत में वैज्ञानिक आविष्कार

आर्यभट्ट, चरक, सुश्रुत, पाणिनि प्राचीन युग के कुछ प्रख्यात वैज्ञानिक थे। इन वैज्ञानिकों ने ऐसे अनेक गणित एवं वैज्ञानिक सिद्धांत विकसित किए, जो आज की विधियों में भी इनका इस्तेमाल सिद्ध हो

चुका है। संतों और ऋषि-मुनियों ने अनेक वैज्ञानिक आविष्कार एवं खोज जैसी उपलब्धियाँ हासिल कीं। आर्यभट्ट (476 ई.) ने सर्वप्रथम यह दावा किया कि यह पृथ्वी गोल है तथा अपनी धुरी के चारों ओर घूमती है। इन्होंने π (पाई) के मूल्य का 3.1416 तक परिकलन किया था और त्रिकोणमिति में साइन या ज्या की तालिका की गणना की। भास्कराचार्य II (1114-1183) ने सर आइजक न्यूटन से 5,000 वर्ष पूर्व गुरुत्वाकर्षण की खोज की थी। आचार्य कणाद (600 ई.पू.) ने कहा था—''इस सृष्टि का पदार्थ परमाणुओं से बना है। ये परमाणु मिलकर अणु बनाते हैं।'' 600 ई.पू. आचार्य सुश्रुत ने क्षतिग्रस्त नाक की सर्जरी की थी तथा 12 प्रकार के हड्डियों के फ्रैक्चर एवं छह प्रकार के अस्थि-विस्थापन (Dislocation) की जानकारी दी थी। 800 ई. पू. आचार्य भरद्वाज ने विमान प्रौद्योगिकी का डिजाइन तैयार करके उसकी तकनीकों का वर्णन किया था। आचार्य कपिल (3000 ई.पू.) ने ऊर्जा अंतरण की संकल्पना का प्रतिपादन किया था। आगे अनुच्छेदों में इनके बारे में विस्तार से बताया गया है।

खगोल और गणित

आर्यभट्ट का जन्म 476 ई. में तरेगना (बिहार) में हुआ था। उन्होंने अपनी बौद्धिक शक्ति के बल पर गणित और खगोल का नया नक्शा तैयार किया। तेईस वर्ष की उम्र में उन्होंने खगोल-शास्त्र पर ग्रंथ और गणित में 'आर्य भटीयम्' नामक विशिष्ट शोध-प्रबंध लिखा। उन्होंने ग्रहों की गति और ग्रहण की अवधि के परिकलन की प्रक्रिया का प्रतिपादन किया। सबसे पहले आर्यभट्ट ने सर्वप्रथम दावा किया था कि पृथ्वी गोल है। यह अपनी धुरी और सूर्य की कक्षा के चारों ओर घूमती है तथा अंतरिक्ष में लंबित (Suspend) है। कॉपरनिकस की हेलियोसेंट्रिक थ्योरी के प्रकाशन

से 1000 वर्ष पूर्व आर्यभट्ट ने यह खोज की थी। उन्होंने 3.1416 : चार दशमलव स्थानों तक π (पाई) का मूल्य परिकलित किया तथा त्रिकोणमिति में ज्या की तालिका की गणना की। शताब्दियों बाद 825 ई. में अरब गणितज्ञ मोहम्मद इब्ना मूसा ने 'पाई' के मूल्य के परिकलन का भारतीयों को श्रेय दिया। सबसे ऊपर आर्यभट्ट का सर्वाधिक महत्त्वपूर्ण योगदान शून्य की संकल्पना थी, जिसके बिना आधुनिक कंप्यूटर प्रौद्योगिकी का अस्तित्व ही नहीं होता। गणित के क्षेत्र में आर्यभट्ट महापुरुष थे।

ज्योतिष और भूगोल

वराहमिहिर (सन् 499–587) प्रख्यात ज्योतिषी और खगोल-शास्त्री थे। राजा विक्रमादित्य के राजदरबार में नवरत्नों में से एक थे। वराहमिहिर की पुस्तक 'पंचसिद्धांत' का खगोल क्षेत्र में प्रमुख स्थान है। उन्होंने लिखा है कि चंद्रमा और ग्रह का अपना कोई प्रकाश नहीं है, क्योंकि ये सूर्य के प्रकाश से प्रकाशित या प्रतिबिंबित होते हैं। 'बृहद् संहिता' और 'बृहद् जातक' में उन्होंने भूगोल, तारामंडल, विज्ञान, वनस्पति और पशु विज्ञान में अपनी खोजों की जानकारी दी है। वनस्पति विज्ञान विषयक शोध निबंध में वराहमिहिर ने पेड़-पौधों के विभिन्न रोगों का इलाज बताया है। ज्योतिष और खगोल के क्षेत्र में अनूठे योगदान के कारण ये ऋषि-मुनि एवं वैज्ञानिक हमेशा याद किए जाएँगे।

बीजगणित और मेकैनिक्स

महाराष्ट्र के दूर-दराज के गाँव विजादित (जलगाँव) में जनमे भास्कराचार्य की प्रख्यात गणित कृतियाँ 'लीलावती' और 'बीजगणित' अतुल्य तथा अमर रचनाएँ हैं। इन रचनाओं का विश्व की अनेक भाषाओं में अनुवाद हो चुका है। अपने शोध निबंध 'सिद्धांत शिरोमणि' में उन्होंने

ग्रहों की स्थिति, ग्रहण, सृष्टि वर्णन (कॉस्मोग्राफी), गणितीय तकनीकों और अंतरिक्ष के उपस्करों की जानकारी दी है। 'सूर्य सिद्धांत' में उन्होंने गुरुत्वाकर्षण बल पर लिखा है— ''पृथ्वी के गुरुत्वाकर्षण बल के कारण सभी पदार्थ पृथ्वी पर गिर जाते हैं। इसलिए पृथ्वी, ग्रह, तारामंडल, चंद्रमा और सूर्य इसी आकर्षण के कारण अपनी कक्षा में स्थित हैं।'' भास्कराचार्य ने न्यूटन से 500 वर्ष पहले सर्वप्रथम गुरुत्वाकर्षण की खोज की थी। उनकी रचनाओं से फारसी और यूरोपियन विद्वानों का मार्ग प्रशस्त हुआ।

परमाणु सिद्धांत

'वैशेषिक दर्शन' के प्रणेता आचार्य कणाद (600 ई. पू.) का दर्शन के क्षेत्र में विशिष्ट स्थान है। ऐसा माना जाता है कि गुजरात में द्वारका के पास प्रभासक्षेत्र में उनका जन्म हुआ था। वे यथार्थवाद, कारण-कार्य नियम तथा परमाणु सिद्धांत के प्रमुख व्याख्याकार माने जाते हैं। उन्होंने सृष्टि के सभी पदार्थों को 9 तत्त्वों में विभाजित किया है—पृथ्वी, जल, प्रकाश, वायु, आकाश, काल, अंतरिक्ष, मन और आत्मा। उनके विचार में, सृष्टि की प्रत्येक वस्तु परमाणु से बनी है। वे परमाणु, जो आपस में मिलकर अणु बनाते हैं। जॉन डाल्टन से लगभग 2,500 वर्ष पूर्व विश्व में पहली बार परमाणु सिद्धांत के बारे में बताया गया था। कणाद ने परमाणुओं की गति और आयाम तथा उनकी परस्पर रासायनिक प्रतिक्रिया का वर्णन किया है। प्रख्यात इतिहासकार टी.एन. कॉलब्रुक ने कहा है—''यूरोप के वैज्ञानिकों की तुलना में कणाद और अन्य भारतीय वैज्ञानिक इस क्षेत्र में 'ग्लोबल मास्टर' हैं।''

रासायनिक विज्ञान

नागार्जुन (100 ई.) असाधारण प्रतिभाशाली वैज्ञानिक थे। उनका जन्म मध्य प्रदेश के बालुका में हुआ था। रसायन-शास्त्र तथा धातु विज्ञान के क्षेत्र में 12 वर्ष तक शोध कार्य करने के बाद उन्होंने खोज एवं आविष्कार किए। 'रस रत्नाकर', 'रसरुदय' और 'रसेंद्रमंगल' का रसायन विज्ञान के क्षेत्र में प्रसिद्ध योगदान है। नागार्जुन ने बेस धातुओं को स्वर्ण में बदलने की खोज की थी। 'आरोग्य मंजरी' तथा 'योगसार' जैसी चिकित्सा के क्षेत्र में महत्त्वपूर्ण योगदान दिया था। उन्हें नालंदा विश्वविद्यालय का कुलपति नियुक्त किया गया।

चिकित्सा

आचार्य चरक (600 ई. पू.) को 'चिकित्सा का जनक' माना जाता है। उनकी अद्भुत रचना 'चरक संहिता' को आयुर्वेद की इन्साइक्लोपीडिया माना जाता है। जब यूरोप विभिन्न सिद्धांतों में उलझा हुआ था, तब आचार्य चरक ने अपनी सहज प्रतिभा और जिज्ञासा के जरिए मानव शरीर रचना, भ्रूण-विज्ञान, भेषज विज्ञान, रक्तचाप एवं मधुमेह, हृदय रोग आदि जैसी व्याधियों से जुड़े तथ्य उजागर किए। 'चरक संहिता' में उन्होंने 1,00,000 जड़ी-बूटियों के औषधीय गुणों तथा प्रकार्यों का वर्णन किया है। उन्होंने आहार के प्रभाव तथा तन व मन पर उसके प्रभावों पर बल दिया है तथा प्रमाणित किया कि आध्यात्मिकता व भौतिक स्वास्थ्य के सह संबंध ने निदानात्मक और उपचारात्मक विज्ञान के क्षेत्र में महान् योगदान दिया है। इन्होंने चिकित्सा व्यवसायियों के लिए हीपोक्रेटिक शपथ से दो सदी पहले नैतिक (Ethical) चार्टर भी निर्धारित किया। आचार्य चरक ने आयुर्वेद के क्षेत्र में अभूतपूर्व योगदान दिया है।

प्लास्टिक सर्जरी

आचार्य सुश्रुत (600 ई. पू.) का चिकित्सा जगत् में देदीप्यमान स्थान रहा है। ऋषि विश्वामित्र के पुत्र आचार्य सुश्रुत ने 'सुश्रुत संहिता' में पहली बार शल्य-चिकित्सा की पद्धतियों की विस्तृत जानकारी दी है। उन्हें 'प्लास्टिक सर्जरी तथा अनेस्थिसिया विज्ञान के जनक' का सम्मान दिया गया। जिस समय यूरोप अभी सर्जरी की प्रारंभिक अवस्था से गुजर रहा था, तब सुश्रुत 'राइनो प्लास्टी' तथा अन्य चुनौतीपूर्ण ऑपरेशन कर रहे थे। 'सुश्रुत संहिता' में उन्होंने बारह प्रकार के फ्रैक्चर एवं छह प्रकार के अस्थि-विस्थापन की विशद जानकारी दी है। मानव भ्रूण विज्ञान संबंधी ब्योरों को पढ़कर आश्चर्य होता है। सुश्रुत 125 प्रकार के सर्जिकल यंत्र इस्तेमाल करते थे, जिनमें स्केलपैल, नश्तर, सुइयाँ, कैथीटर तथा रेक्टल स्पेक्युलम शामिल हैं। अधिकांश यंत्र पशु-पक्षियों के जबड़ों से बनाए जाते थे। उन्होंने टाँके लगाने की अनेक विधियाँ भी बताई थीं। टाँके लगाते समय घोड़े के बाल और छाल के रेशों का इस्तेमाल किया जाता था।

योग

योगशास्त्र भारत की विश्व को अनूठी देन है। इसमें योग क्रियाओं के माध्यम से अंतिम वास्तविकता की खोज तथा उसकी अनुभूति है। आचार्य पतंजलि (200 ई.पू.) उत्तर प्रदेश के गोंडा जिले के थे। वे योगशास्त्र के प्रवर्तक थे। उन्होंने तन, मन और आत्मा पर संयम माध्यम रूप में प्राणों पर नियंत्रण रखने की क्रिया बताई है। इसके परिणामस्वरूप उत्तम स्वास्थ्य तथा आंतरिक आनंद मिलता है। आचार्य पतंजलि ने चौरासी योग मुद्राओं का उल्लेख किया है। इन आसनों या मुद्राओं से श्वसन, रक्त-संचरण, स्नायु तंत्र, पाचन-शक्ति तथा ग्रंथियों से स्राव-प्रणाली एवं शरीर

के अन्य अनेक अंगों की कार्य-क्षमता में वृद्धि होती है। आचार्य पतंजलि के अनुसार—यम, नियम, आसन, प्राणायाम, प्रत्याहार, ध्यान और धर्म के माध्यम से हम परम ब्रह्मानंद को प्राप्त करते हैं। वैज्ञानिक दृष्टिकोण और अनेक लाभ मिलने के कारण योग की लोकप्रियता दिन-प्रतिदिन बढ़ रही है। आत्मानुशासन, आनंद और आत्म-साक्षात्कार के विज्ञान के प्रणेता के रूप में आचार्य पतंजलि हमेशा याद किए जाएँगे।

विमानन प्रौद्योगिकी

आचार्य भरद्वाज (८00 ई. पू.) का पवित्र प्रयाग नगरी में आश्रम था। वे आयुर्वेद तथा मेकैनिकल विज्ञान के प्रबल समर्थक एवं प्रचारक थे। उन्होंने अपने ग्रंथ 'यंत्र-सर्वस्व' में विमानन विज्ञान, अंतरिक्ष तथा फ्लाइंग मशीन की विस्मयकारी एवं उत्कृष्ट खोजें कीं। उन्होंने तीन प्रकार की मशीनों का उल्लेख किया है—(क) एक स्थान से अन्य स्थान तक पृथ्वी पर उड़नेवाली मशीनें, (ख) एक ग्रह से अन्य ग्रह तक जानेवाली मशीनें तथा (ग) एक ब्रह्मांड से अन्य ब्रह्मांड तक जानेवाली मशीनें। उनके द्वारा तैयार किए गए डिजाइन और विवरणों से आज के विमानन इंजीनियर भी आश्चर्यचकित हो जाते हैं। उन्होंने निम्नलिखित तकनीकों का वर्णन किया है—

(क) गूढ़ रहस्य : ऐसी तकनीकें, जिनसे सूर्य के प्रकाश और पवन वेग का अनुप्रयोग करके फ्लाइंग मशीन अगोचर हो जाती हैं।

(ख) सक्रिय रहस्य : ऐसी तकनीक, जिससे इसे वैद्युत् शक्ति का अनुप्रयोग करके अगोचर अंतरिक्ष मशीन को दृश्यात्मक बनाया जाता है।

(ग) कनसुई रहस्य : किसी अन्य विमान में चल रहे वार्त्तालाप

को सुनने की तकनीक।

(घ) गोचर रहस्य : ऐसी तकनीक, जिससे अन्य विमान के भीतर घटित हो रही घटना को देखा जा सकता है।

ब्रह्मांड विज्ञान या सृष्टि वर्णन

सांख्य दर्शन के संस्थापक आचार्य कपिल का जन्म 3000 ई. पू. में हुआ था। वे ऋषि कर्दम और देवहूति की संतान थे। उन्होंने विश्व को सांख्य विचारधारा का उपहार दिया। वे प्रकृति तथा पुरुष के सिद्धांत, प्रकृति तथा सृष्टि के सिद्धांतों पर फोकस थे। ऊर्जा के अंतरण एवं आत्मा-अनात्मा तथा ब्रह्मांड के सूक्ष्म तत्त्वों पर गूढ़ टिप्पणियों के कारण उन्हें संभ्रांत वर्ग की श्रेणी में रखा गया था। उनके अभिकथन के अनुसार प्रकृति ही समस्त ब्रह्मांड की रचना तथा समस्त ऊर्जा की जननी है। अति संवेदनशील टिप्पणियों तथा सृष्टि के रहस्यों को उजागर करने के कारण उन्हें 'ब्रह्मांड विज्ञान का जनक' माना जाता है।

भारत का संक्रांति काल

भारत विश्व की प्रागैतिहासिक संस्कृति का प्राचीनतम केंद्र है तथा इतिहास की सर्वाधिक समृद्ध सभ्यताएँ यहाँ फलीं-फूलीं। प्राचीन भारत का समाज सभ्य था तथा लोग योजनाबद्ध शहरों में रहते थे, जहाँ समुचित सुविधाएँ उपलब्ध थीं। वहाँ पर ईंटों के बने पक्के मकान थे। वे लोग सूती कपड़े पहनते थे और सोने-चाँदी के खूबसूरत आभूषण, बरतन व खिलौने बनाते थे। हजारों वर्षों तक सामाजिक, आर्थिक, सांस्कृतिक और राजनीतिक जीवन में होनेवाले घटनाक्रम के परिणामस्वरूप भारत की विरासत विकसित हुई। सिंधु घाटी की सभ्यता और मोहनजोदड़ो व हड़प्पा के खँडहर इस तथ्य के प्रमाण हैं कि

2,500 ई.पू. में भी भारत कृषि, जल-निकासी (ड्रेनेज) प्रणाली, सुनियोजित गलियों, बरतन, औजार, जेवरात तथा कलाकृतियों के कौशल से संपन्न था। हड़प्पा संस्कृति पहली नगरीय सभ्यता थी। इस सभ्यता की अनेक ऐसी विशेषताएँ हैं, जिनके कारण यह समकालीन विश्व की अन्य सभ्यताओं से अलग दिखाई देती है।

इसके पश्चात् वैदिक काल में भारत में जीवन के लगभग प्रत्येक क्षेत्र में दूरगामी बदलाव आए। इस काल में देश के बहुत बड़े भाग में खेती-बाड़ी की जाने लगी तथा बड़ी संख्या में शहर एवं राज्यों का गठन होने लगा।

इसी काल में राजनीतिक व सांस्कृतिक एकता की महत्ता बढ़ने लगी और चार वेदों—ऋग्वेद, यजुर्वेद, सामवेद तथा अथर्ववेद की रचना हुई। उपनिषद् में ब्रह्मांड की उत्पत्ति, जन्म-मृत्यु, भौतिक एवं आध्यात्मिक जगत्, ज्ञान की प्रकृति तथा अन्य अनेक प्रश्नों पर विचार-विमर्श किया गया है। इस युग में वेदांत की रचना हुई। यह साहित्य और कर्मकांड के अलावा खगोल, व्याकरण एवं ध्वनि-विज्ञान से भी जुड़ा हुआ था। इस अवधि की सर्वाधिक विस्मयकारी कृति पाणिनि द्वारा रचित संस्कृत व्याकरण की 'अष्टाध्यायी' है। ये संस्कृत भाषा की मौखिक रचनाएँ हैं, जो पीढ़ी-दर-पीढ़ी चलती रहीं। काफी अंतराल के बाद इस अमूल्य ज्ञान-संपदा को लिपिबद्ध किया गया। परिणामस्वरूप, इस बीच मूल्यों का ह्रास हुआ । लेकिन शहरों, शिल्प तथा व्यापार में वृद्धि से सांस्कृतिक एकता की प्रक्रिया को बढ़ावा मिला। आगे चलकर छठी सदी ईसा पूर्व मगध साम्राज्य में अनेक शहरों का अभ्युदय हुआ तथा सिक्कों का प्रचलन शुरू हो गया। सिंधु घाटी की सभ्यता में स्थापित पहला समाज मानव जाति के लिए मॉडल है। चंद्रगुप्त मौर्य के शासनकाल में समृद्धि बढ़ती गई तथा बाद में तीसरी सदी ई. पू. में सम्राट् अशोक के काल में

भारत की सीमाओं में विस्तार हुआ तथा दूर-दूर तक सम्राट् अशोक का शासन फैल गया। सम्राट् अशोक के काल में एकच्छत्र साम्राज्य के अंतर्गत लगभग पूरा देश आ गया था, लेकिन उन्होंने राज्य नीति के रूप में युद्ध का त्याग करके सत्य की विजय को वास्तव में विजय के रूप में घोषित किया। इस युग तक भारत में ऐसी संस्कृति विकसित हो चुकी थी, जो अपने आप में अद्वितीय थी। मध्यकाल में प्राचीन काल की कुछ उपलब्धियाँ बरकरार रहीं तथा इस आधार पर भव्य नव-निर्माण हुआ।

धातु की कृतियों में मोहनजोदड़ो की खुदाई से प्राप्त नर्तकी की कांस्य की मूर्ति (तीसरी सदी ई. पू.), चिदंबरम, तमिलनाडु में पंच धातुओं से निर्मित भगवान् शिव की नटराज मूर्ति (आठवीं सदी) दिल्ली में मौर्य वंश का जंग-रहित लौह स्तंभ एक ही सिस्टम के रूप में धातु और मिश्र धातु को आकार देने में तकनीकी उत्कृष्टता का प्रमाण रहे हैं। तमिलनाडु में तिरुचिरापल्ली में कावेरी नदी पर चोल वंश के शासक कारीकालन ने दूसरी सदी में बाँध बनवाया था। वह बाँध आज भी इंजीनियरिंग की अनूठी रचना है। प्राचीन काल में भारतीयों ने चिकित्सा एवं मार्शल आर्ट जैसे क्षेत्रों में भी उत्कृष्टता का नमूना पेश किया। पाँचवीं सदी में दक्षिण भारत में कांचीपुरम के पल्लव शासक के तीसरे पुत्र बोधिधर्म चीन तक गए थे तथा वहाँ जड़ी-बूटियों के औषधीय गुणों की जानकारी दी थी, जिनसे भयावह रोगों का उपचार किया जा सकता था। मार्शल आर्ट के ज्ञान से परिचय करवाकर उन्होंने कबीला युद्ध से बचने के लिए लोगों की मदद की। नालंदा विश्वविद्यालय में तीस से भी ज्यादा देशों के विद्वान् अध्ययन करते थे। चोल शासक राज राजा और राजेंद्र ने दक्षिण-पूर्व के देशों तक भारतीय साम्राज्य को बढ़ाया। इस प्रकार से भारत ने विश्व में कला, संस्कृति, धार्मिक विचारों, विज्ञान (गणित, खगोल, ब्रह्मांड विज्ञान, परमाणु सिद्धांत, योग आदि), प्रौद्योगिकी

(धातु विज्ञान, विमानन, टाउनशिप नगर योजना आदि) तथा सभ्यता के विकास में अद्भुत योगदान दिया।

परंतु हजार वर्षों से भी अधिक समय तक भारतीय संस्कृति, मूल्य-व्यवस्था तथा संपदा अनेक विदेशी शासकों के बार-बार हमलों से तहस-नहस होती रही। इन विदेशी ताकतों ने हमारी संपदा को ही नहीं लूटा, बल्कि हमारे अनेक पुरातात्त्विक स्मारकों को भी नष्ट कर दिया। बढ़ती आबादी के साथ-साथ औद्योगिक क्रांति के प्रति उदासीनता की प्रवृत्ति के कारण भारत आर्थिक पैमाने पर भी नीचे आ गया।

सन् 1857 में पहले स्वतंत्रता संग्राम के दौरान भारत ने स्वाधीनता का सपना देखा, जो 1947 में अहिंसा आंदोलन के जरिए साकार हुआ। इस आंदोलन के प्रति राजनीति, लोक जीवन, संगीत, काव्य, साहित्य तथा विज्ञान जैसे विभिन्न क्षेत्रों के सर्वश्रेष्ठ लीडर आकृष्ट किया। अनेक भारतीयों के मन में जीवन के प्रत्येक क्षेत्र में विदेशों के साथ प्रतिस्पर्धा करने का जुनून जाग्रत् हुआ। इससे स्वतंत्रता ही नहीं, बल्कि वैज्ञानिक खोजों के क्षेत्र में प्रतिभा उभरकर सामने आई। 'नोबेल पुरस्कार' विजेता प्रो. चंद्रशेखर ने भी कहा है कि प्रथम विश्व युद्ध के बाद अचानक अंतरराष्ट्रीय स्तर पर ख्याति-प्राप्त पाँच वैज्ञानिक उभरे। राष्ट्रीय आंदोलन के दौरान युवाओं के बीच स्व-अभिव्यक्ति की अदम्य इच्छा जाग्रत् हुई। हमने पश्चिमी जगत् को दिखा दिया कि भारत किसी भी क्षेत्र में किसी से भी कम नहीं है।

विकास के मार्ग में उत्पन्न बाधाएँ

प्रतिभा और संसाधनों का पलायन

विदेशी शासकों के पंजों में जकड़ा भारत औद्योगिक क्रांति के दौर में फल-फूल नहीं पाया था, जबकि पश्चिम इस अवसर को भरपूर लाभ उठा रहा था। पश्चिमी देश व्यापक पैमाने पर उपभोग योग्य उत्पादों को

उत्पन्न करने में सक्षम हो चुके थे। दो विश्व युद्धों के कारण भी नए प्रौद्योगिकीय सैन्य उत्पादों को बढ़ावा मिला। विकसित देशों में इन उद्योगों में निरंतर उच्च प्रौद्योगिकी तंत्र सृजित हुआ है, ताकि शीत युद्ध के दौरान उच्च स्तर की स्पर्धा स्थापित की जा सके। विकसित देश सर्वोत्तम उत्पाद अपने पास रख रहे हैं तथा दोयम दर्जे की प्रौद्योगिकी प्रणाली विकासशील देशों को दे रहे हैं, ताकि देशों की दोनों श्रेणियों में अंतराल बना रहे। उच्च प्रौद्योगिकीय उत्पादों का निर्माण करके विकासशील देशों की प्रगति को रोकने के लिए ये देश नियंत्रण सीमा रेखा, क्षेत्र तथा व्यापार संबंधी प्रतिबंध लगा रहे हैं। अपनी तात्कालिक आवश्यकताओं की पूर्ति करने के लिए अधुनातन प्रणालियों के आयात के कारण विकासशील देशों के संसाधनों का पलायन हो रहा है। परिणामस्वरूप ये देश उच्च प्रौद्योगिकी अनुसंधान में निवेश नहीं कर पा रहे तथा आज भी विकसित एवं विकासशील देशों के बीच अंतराल बढ़ता जा रहा है।

इसके अतिरिक्त विकासशील देशों के मेधावी स्नातक तथा वैज्ञानिक जनशक्ति विकसित देशों में जाकर बस रही हैं, ताकि वे उन्नति के अवसरों का लाभ उठा सकें। इस प्रवृत्ति से विकसित देशों में नई प्रौद्योगिकी एवं प्रणाली के विकास में मदद मिल रही है। परिणामस्वरूप, विकासशील देशों में कुशल जनशक्ति, औद्योगिक उत्पादन तथा संसाधनों का ह्रास हो रहा है और वे इस दौड़ में पिछड़ रहे हैं। इन देशों के सामने यह स्थिति सबसे बड़ी चुनौती है तथा भारतीय युवा वर्ग को उनकी इस चाल को समझना होगा।

सुरक्षा संबंधी मुद्दे

व्यापक स्तर पर उद्योग एवं प्रौद्योगिकी शक्ति से संपन्न अनेक उन्नत देश सामरिक शक्ति के रूप में उभरे हैं। स्वतंत्रता के पश्चात् से

भारत प्रौद्योगिकी के हब या केंद्र का रूप लेने का भरसक प्रयास कर रहा है। यहाँ यह भी उल्लेखनीय है कि भारत बहुसांस्कृतिक और बहुभाषी समाज है तथा यहाँ घनी आबादी पाई जाती है। यह विश्व का सबसे बड़ा एवं अनूठा लोकतांत्रिक देश है, जो विश्व-शांति तथा सह-अस्तित्व एवं अहिंसा धर्म-दर्शन पर टिका है। फिर भी, भारत के पड़ोसी देशों के संबंधों में कुछ मुद्दों को लेकर खटास मौजूद रही है। परंतु वास्तविकता यह भी है कि पूरा विश्व सुरक्षा संबंधी बढ़ते खतरों के प्रति चिंतित है। ये खतरे वैश्विक तथा आंतरिक दोनों स्तरों पर मौजूद हैं। ग्लोबल सुरक्षा संबंधी मुद्दों में परमाणु हथियार तथा कॅरियर, रासायनिक एवं जैव आतंकवाद, साइबर अपराध, सीमा विवाद आदि शामिल हैं। आंतरिक सुरक्षा संबंधी मुद्दों में धार्मिक कट्टरवाद जातिगत दंगे, माओवाद, नक्सलवाद, राज्य द्वारा संरक्षित आतंकवाद आदि समाविष्ट हैं।

बदलते हालात

ऐसी चुनौतीपूर्ण स्थितियों पर काबू पाने के लिए भारत ने उच्च प्रौद्योगिकी के विकास का लक्ष्य रखा, ताकि वह आत्मनिर्भर एवं सुरक्षा की दृष्टि से सुदृढ राष्ट्र बन सके। इसी के परिणामस्वरूप देश में रह रहे वैज्ञानिकों ने देशज स्तर पर प्रयास करते हुए अति महत्त्वपूर्ण प्रौद्योगिकी विकसित करने की क्षमता दरशाई तथा उन देशों के सामने उदाहरण पेश किया, जो प्रौद्योगिकी को नकारते हैं। आज भारत परमाणु अस्त्र-संपन्न राष्ट्र है, अंतरिक्ष प्रौद्योगिकी तथा मिसाइल शक्ति की दृष्टि से आत्मनिर्भर राष्ट्र है।

भारत आर्थिक वृद्धि में गतिशील दौर से गुजर रहा है। दृढ संकल्प से मंदी में सुधार लाने के लिए एकजुट प्रयास करने होंगे। लेकिन अब प्रतिभाशाली जनशक्ति पूरे विश्व से ज्ञान अर्जित करके भारत लौट रही

है, क्योंकि उदीयमान भारत में उच्च प्रौद्योगिकी अनुसंधान एवं विकास तथा औद्योगिक उन्नति के क्षेत्र में अवसर मिल रहे हैं। भारत व्यापक स्तर पर कुशल श्रम-शक्ति भी तैयार कर रहा है, विज्ञान और प्रौद्योगिकी, परस्पर जुड़ा हुआ उद्योग, अकादमी और अनुसंधान एवं विकास कंसोर्टियम, तर्कसंगत कर एवं शुल्क तथा आर्थिक प्रगति एवं अवसंरचना के लिए निवेश, भारत के भीतर एवं बाहर आक्रामक बाजार-व्यवस्था, एशियन, अफ्रीका और दक्षिण अमेरिका के देशों जैसे बाजार क्षेत्र में किए जानेवाले व्यापार समझौतों के संदर्भ में सरकार की उपयुक्त नीति के कारण अर्थव्यवस्था विजन 2020 को साकार रूप दे सकती है।

प्रौद्योगिकी विजन, 2020

स्वतंत्रता आंदोलन भारत का पहला विजन था। आज समय की माँग है कि भारत विकसित राष्ट्र बने तथा इसे अतीत का गौरव प्राप्त हो। यह हमारे राष्ट्र का दूसरा विजन बना। इस विजन के लक्ष्य खाद्यान्न उत्पादन में आत्मनिर्भर होना, निरंतर 10 प्रतिशत से अधिक दर पर जी.डी.पी. वृद्धि प्राप्त करना तथा शत-प्रतिशत साक्षरता हासिल करना था।

विकसित राष्ट्र के स्वप्न को साकार करने की दृष्टि से प्रौद्योगिकी सूचना पूर्वानुमान एवं आकलन केंद्र (टी.आई.एफ.ए.सी.), विज्ञान और प्रौद्योगिकी विभाग ने विकास के विशिष्ट क्षेत्रों की पहचान करने तथा अभीष्ट परिणामों की प्राप्ति हेतु रोडमैप तैयार करने के लिए अध्ययन किया। 17 वॉल्यूम में समाहित विस्तृत कार्य योजनाओं में भारत की बुनियादी क्षमता पर आधारित पाँच मूल परिणामोन्मुखी क्षेत्रों की पहचान की गई—(i) खाद्य सुरक्षा के लिए कृषि एवं खाद्य प्रसंस्करण, (ii) सामाजिक सुरक्षा के लिए शिक्षा एवं स्वास्थ्य, (iii) सूचना एवं संचार प्रौद्योगिकी तथा जन रोजगार, (iv) बिजली सहित बुनियादी ढाँचे, आर्थिक

विकास के लिए 'पुरा' (PURA) तथा नदियों की नेटवर्किंग एवं (v) आत्मनिर्भरता के लिए अति महत्त्वपूर्ण प्रौद्योगिकी एवं सामरिक उद्योग। ये क्षेत्र परस्पर जुड़े हुए हैं तथा इनके एकजुट प्रयासों से अर्थव्यवस्था एवं राष्ट्रीय सुरक्षा सुदृढ होगी।

सतत प्रयासों के परिणामस्वरूप भारत असैन्य क्षेत्रों में लगभग आत्मनिर्भर हो चुका है। इन क्षेत्रों में विकास के कारण अवसंरचना विकास, सैन्य क्षेत्रों एवं अन्य उच्च प्रौद्योगिकी क्षेत्रों की प्रगति की राह खुली है। प्रभावी कार्य-योजना का निरंतर आर्थिक वृद्धि पर अत्यधिक प्रभाव पड़ा है।

आर्थिक प्रगति

'वसुधैव कुटुंबकम्' की संकल्पना के युग में सभी देश मिलकर कार्य कर रहे हैं। त्वरित गति से बदलती प्रौद्योगिकी से वैश्विक अखंडता की प्रक्रिया को और अधिक बल मिलेगा। ऐसे में विश्व के सबसे बड़े लोकतांत्रिक देश तथा सामरिक शक्ति के रूप में अंतरराष्ट्रीय स्तर पर उदीयमान भारत देश अंतरिक्ष रक्षा और परमाणु ऊर्जा में तेजी से आगे बढ़ रहा है। सूचना एवं संचार प्रौद्योगिकी, ऑटो मोबाइल इंजीनियरिंग और फार्मास्यूटिकल जैसे क्षेत्रों में यह प्रमुख हब बनता जा रहा है।

आर्थिक प्रगति तथा गरीबी-उन्मूलन का लक्ष्य प्राप्त करने के लिए भारत में वर्ष 1991 में सुधार की प्रक्रिया का श्रीगणेश हुआ था। भारत के सुधार कार्यक्रम की प्रमुख विशेषता यह थी कि तेजी से व्यवस्था की बजाय धीरे-धीरे एवं क्रांतिकारी परिवर्तन पर बल दिया गया। सन् 1991 के आर्थिक सुधारों में ऐसे दूरगामी उपाय अपनाए गए, जिनसे अर्थव्यवस्था का पैटर्न ही बदल गया। इन परिवर्तनों में निम्नलिखित पहलू शामिल थे—(क) औद्योगिक कार्यकलाप पर सरकारी या सार्वजनिक क्षेत्र का

प्रभुत्व, (ख) औद्योगिकी निवेश तथा क्षमता विस्तार पर विवेक सम्मत नियंत्रण, (ग) व्यापार एवं विनिमय पर नियंत्रण, (घ) विदेशी निवेश और सार्वजनिक स्वामित्व तक सीमित पहुँच और (ङ) वित्तीय क्षेत्र का विनियमन। इन सुधारों से उन्नति की संभावनाओं का द्वार खुला और सशक्त उद्यमी ताकतें और अधिक मजबूत हुईं।

सन् 1991 में आर्थिक सुधार के पश्चात् विनिर्माण और सेवा क्षेत्र में अनेक वर्षों तक उच्चतर वृद्धि दर बनी रही। जनसंख्या में वृद्धि तथा युवाओं के लिए कौशल संबंधी अपेक्षाओं को ध्यान में रखते हुए और अधिक उन्नति के लिए विनिर्माण ज्ञान, कृषि के अनेक आयोग गठित किए गए। 14 वर्ष की उम्र तक अनिवार्य बाल शिक्षा के लिए शिक्षा विधेयक लाया गया। गोल्डन सैश के आकलनों के अनुसार, भारत वर्ष 2050 में विश्व की सर्वोच्च तीन अर्थव्यवस्थाओं में से एक होगा। किंतु पिछले दो वर्षों में भारत की जी.डी.पी. वृद्धि दर में गिरावट आई है। 9 प्रतिशत के स्थान पर 6 प्रतिशत से भी कम दर रह गई है। औद्योगिक उत्पाद में भी कमी आई है तथा हमें वित्तीय घाटा भी पूरा करना है।

विश्व के फोरम द्वारा किए गए विश्लेषण से भारत की आर्थिक स्थिति की नकारात्मक तसवीर उभरकर आई है। लेकिन यह अस्थायी दौर है। वृद्धि की ओर लक्ष्यबद्ध सरकारी नीतियों, विकास के साधन रूप में प्रौद्योगिकी का इस्तेमाल करते हुए प्रमुख परियोजनाओं के माध्यम से राष्ट्र-निर्माण की दिशा में युवाओं के एकजुट प्रयासों, पुरा (PURA) के माध्यम से ग्रामीण विकास तथा ज्ञान अर्जित समाज के निर्माण से राष्ट्र के सम्मुख खड़ी समस्याएँ अवश्य दूर हो जाएँगी।

ज्ञान संबंधी संभावनाएँ

भारत में ज्ञान का विशाल भंडार है तथा इसके परिणामस्वरूप

प्रत्येक क्षेत्र में कुशल प्रोफेशनल तैयार हो रहे हैं। इसके अलावा, भारत में अंग्रेजी भाषी आबादी की संख्या विश्व में दूसरे स्थान पर है, जिससे बहुराष्ट्रीय परिवेश-युक्त उद्योग में कार्य-निष्पादन के लिए भारतीय प्रोफेशनल का विशाल मंच मौजूद है। आज विश्व ज्ञान पर आधारित उत्पादों एवं सेवाओं की ओर अग्रसर है तथा भारत ज्ञान की शक्ति का इस्तेमाल करने की ओर प्रवृत्त है। सामाजिक स्तर पर परिवर्तन की दिशा में विश्व में चार प्रकार के समाज हैं—कृषि उद्योग, सूचना और ज्ञान, प्रत्येक समाज का अर्थव्यवस्था में योगदान होता है। भारत के पास विशाल कुशल मानव संसाधन भंडार इसकी मूल क्षमता बन चुका है। नूतन ज्ञान उत्पाद तथा सेवाओं की समाज में प्रधानता है। भारत की ज्ञानपरक सक्षमता अर्थव्यवस्था के लिए वरदान बन चुकी है। भावी प्रगति एवं विकास के लिए विज्ञान और प्रौद्योगिकी का विजन तथा शिक्षा व अनुसंधान के लिए पॉलिसी फ्रेमवर्क एवं देश में वैज्ञानिक माहौल होना जरूरी है।

विज्ञान और प्रौद्योगिकी में आत्मनिर्भरता

वर्तमान काल में अनुसंधान और विकास संस्थाओं, अकादमी तथा उद्योग के बीच मजबूत भागीदारी का होना आवश्यक है। शिक्षा-प्रणाली में व्यापक स्तर पर सुधार लाना आवश्यक है, ताकि सृजनात्मकता, मूल्य-प्रणाली तथा देशभक्ति की भावना सृजित की जा सके। वैज्ञानिक और उच्च प्रौद्योगिकी अनुसंधान में शैक्षणिक संस्थाओं की सक्रिय भागीदारी से ज्ञान के उच्च स्तर के अर्जन की प्रेरणा मिलेगी तथा प्रतिभा-पलायन पर अंकुश लगेगा। उद्योगों की भागीदारी से उत्पादकता एवं जी.डी.पी. वृद्धि में सुधार होगा। आज विश्व के बाजार में मजबूत स्थान बनाने के लिए उच्च प्रौद्योगिकी के उत्पादों का निर्माण आवश्यक

है। शैक्षणिक संस्थाओं को उद्योगों की प्रौद्योगिकी का उद्‌भवन स्थूल इन्क्युबेटर बनाना है, ताकि अनुसंधान और विकास प्रयोगशालाओं के साथ तालमेल बिठाया जा सके। इन तीन क्षेत्रों में सामंजस्य तथा उपयुक्त सरकारी नीतियों से विज्ञान व प्रौद्योगिकी उत्कृष्ट होगी और आर्थिक समृद्धि एवं सैन्य शक्ति बढ़ेगी।

निष्कर्ष

हम ऐसी महान् पीढ़ी से जुड़े हैं, जिससे विज्ञान और प्रौद्योगिकी तथा ऐसी अनूठी संस्कृति व मूल्य-व्यवस्था का संपोषण किया था, जिसकी जड़ें विश्व के भव्य अतीत में निहित हैं। देश को ग्लोबल लीडर का स्थान दिलाने की दिशा में हमें अपना डी.एन.ए. सक्रिय करना होगा। हमने अनेक क्षेत्रों में उन्नति की है; लेकिन अभी बहुत कुछ किया जाना शेष है। भले ही सरकार ने कृषि, ज्ञान और विनिर्माण में अनेक आयोग गठित किए, परंतु विचारों तथा क्रियाओं की विभिन्नता के कारण अभी इन सभी का प्रभाव नहीं दिखाई दिया है। हमें विचार-प्रक्रिया के स्तर पर एक होने की जरूरत है। इस बात का हमेशा ध्यान रखा जाना चाहिए कि व्यक्ति की तुलना में राष्ट्र अधिक बड़ा है।

किसी भी देश के लिए महत्त्वपूर्ण घटक—सुदृढ अर्थव्यवस्था और सैन्य शक्ति अधुनातन प्रौद्योगिकी पर निर्भर है। हमें निम्नलिखित क्षेत्रों पर विशेष बल देने की जरूरत है—कृषि और खाद्य प्रसंस्करण, शिक्षा और रोजगार, स्वास्थ्य देखभाल, ऊर्जा, नदियों की नेटवर्किंग, ग्रामीण विकास सहित अवसंरचना तथा आत्मनिर्भर होने के लिए सामरिक उद्योगों का विकास। इन कार्यों से खाद्य, पानी, स्वच्छ वातावरण, सामाजिक स्वास्थ्य तथा आर्थिक सुरक्षा मिलेगी। इस मंच से भारत ग्लोबल लीडर बनेगा।

□

समाज और प्रौद्योगिकी के उप-उत्पाद तथा लाभ

महाविस्फोट (बिग बैंग) से ब्रह्मांड की उत्पत्ति के बाद से ही विज्ञान में ब्रह्मांड, आकाशगंगा, सौर मंडल तथा पृथ्वी के विकास के दौरान एक कोशिका वाले अमीबा से जीवन की उत्पत्ति हुई थी तथा वर्तमान में छह इंद्रियों से युक्त मनुष्य जीवन तक यह चक्र चलता रहा। मनुष्य सृष्टि रचयिता की विशेष रचना है, अतः सभी प्राणियों में मनुष्य का जीवन सबसे ज्यादा महत्त्वपूर्ण माना जाता है। हम ऐसे अनमोल जीवन के लिए उस रचयिता के आभारी हैं। यदि हमें जन्म के समय अंतर्निहित अपनी समस्त क्षमताओं का पूरा लाभ उठाना है तो इस शरीर को निर्दोष, व बेदाग रखना होगा। यदि मानव जीवन इतना बहुमूल्य है तो जन्म के समय या बाद में आनेवाली त्रुटियों के समाधान ढूँढ़ना भी अनिवार्य है।

प्रौद्योगिकी की मदद से हम शरीर को कमियों से बचा सकते हैं। तर्कशक्ति तथा प्राक्कल्पना विज्ञान की ओर अभिमुख है। जब विज्ञान में किसी उत्पाद का विनिर्माण होता है तो प्रौद्योगिकी का विषय बन जाता है। जब यही प्रौद्योगिकी मूल्य से जुड़ती है तो समाज में समृद्धि आती है और जीवन बेहतर होता है। नाभिकीय अंतरिक्ष और रक्षा प्रौद्योगिकी का

मिशन मोड कार्यक्रमों की दृष्टि से सामरिक महत्त्व हो सकता है, परंतु प्रौद्योगिकी कम महँगी या सस्ती हो सकती है। अत: वैज्ञानिक विभागों द्वारा ऐसे प्रयास किए जा रहे हैं कि महँगी आयातित सुविधाओं के स्थान पर ऐसी 'स्पिन-ऑफ' प्रौद्योगिकियों का पता लगाया जाए, जो समाज को लाभ पहुँचाएँ। यहाँ परमाणु ऊर्जा विभाग, अंतरिक्ष एवं रक्षा अनुसंधान और विकास के सामाजिक मिशनों के लिए विकसित प्रौद्योगिकी पर चर्चा की गई है।

नाभिकीय प्रौद्योगिकी

नाभिकीय ऊर्जा सर्वाधिक स्वच्छ स्रोत है। नाभिकीय प्रौद्योगिकी का एक पहलू ऊर्जा तैयार करना है। इस प्रौद्योगिकी के अन्य अनेक अनुप्रयोग हैं, जो समाज तथा विशेष तौर पर स्वास्थ्य से जुड़े हैं। रेडियो आइसोटोप का कैंसर तथा थायराइड जैसे रोगों के निदान व उपचार में इस्तेमाल किया जाता है। कैंसर के उपचार के लिए बार्क (BARC) द्वारा देशज रूप में कोबोल्ट 60 टेलीथैरैपी मशीन विकसित की गई। इमेजिंग तकनीक द्वारा मानव शरीर की मेडिकल इमेजिंग में नाभिकीय प्रौद्योगिकी का धड़ल्ले से इस्तेमाल किया जा रहा है। विकिरण विसंक्रमण द्वारा देश में तैयार स्वास्थ्य संबंधी उत्पादों की गुणवत्ता बढ़ाने के लिए परमाणु ऊर्जा विभाग ने आइसोमेड (ISOMED) सुविधा प्रारंभ की है। रोबोट की मदद से सर्जरी में काफी मदद मिली है। देश-विदेश के किसी भी भाग में बैठे डॉक्टर रिमोट से सर्जरी कर सकते हैं। नाभिकीय प्रौद्योगिकी की चिकित्सा क्षेत्र में ही महत्त्वपूर्ण भूमिका नहीं है, बल्कि कृषि में भी महत्त्वपूर्ण स्थान है। खाद्यान्न पर किरणन (irradition) से स्टोर में रखी फसल को नष्ट होने से बचाया जा सकता है।

अंतरिक्ष प्रौद्योगिकी के लाभ

भारतीय अंतरिक्ष प्रौद्योगिकी कार्यक्रम के अनेक सामाजिक अनुप्रयोग हैं। उपग्रह के माध्यम से शिक्षा, चिकित्सा, ग्राम संसाधन केंद्र, प्रसारण तथा मनोरंजन के क्षेत्र में इसके लाभ स्पष्ट रूप से दृष्टिगोचर होते हैं। जैसे—डिस्ट्रेस अलर्ट ट्रांसमीटर का समुद्र में जा रहे सभी प्रकार के पोत के लिए आपातकालीन संदेश का संचार ट्रांसमिशन में प्रयोग होता है। इससे मछुआरे भी लाभ उठाते हैं। आपदा की स्थिति में जब संचार-प्रणाली के अन्य सभी माध्यम कार्य करना बंद कर देते हैं, तब मोबाइल उपग्रह सेवा का इस्तेमाल किया जाता है। चक्रवातों की तीव्रता, रेडियल के वेग और क्षेत्रवार वर्षा की दर की सटीक सूचना देने में डॉपलर वैदर राडार का इस्तेमाल किया जाता है। इससे आपदा आने से पहले चेतावनी देकर लाखों की जान बचाई जाती है। अन्य उत्पाद अग्निशामक पाउडर 'ऑलफैक्स' है। धातु में आग लगने पर टरनेरी यूटेक्टिक क्लोराइड (टी.ई.सी.) पाउडर का इस्तेमाल किया जाता है। चिकित्सा के क्षेत्र में दूसरों द्वारा पोलिरमिड फाइबर तथा मैथाइल मैथाक्रिलेट से उप-उत्पाद विकसित किया गया। इसे आर्टिफिशियल डेंचर मैटीरियल (ACRAMD) कहा जाता है। हृदय का वॉल्व बदलने के लिए थोरेसिक सर्जन के लिए सुविधाजनक 'चित्रा हार्ट वॉल्व' विकसित किया गया है।

रक्षा प्रौद्योगिकी के लाभ

रक्षा अनुसंधान एवं विकास संगठन का मिशन सेनाओं के लिए अधुनातन उपस्कर एवं अस्त्र प्रणालियों का डिजाइन तैयार करना, विकसित करना तथा उत्पादन करना है और महत्त्वपूर्ण प्रौद्योगिकी में आत्मनिर्भरता उपलब्ध करना है। पिछले 50 वर्षों के दौरान डी.आर.डी.ओ. ने स्वयं को विभिन्न क्षेत्रों में उच्च गुणवत्तापूर्ण प्रौद्योगिकीविदों एवं वैज्ञानिकों के संगठन

रूप में प्रतिष्ठित किया है। डी.आर.डी.ओ. ने सोसाइटी फॉर बायो मेडिकल टेक्नोलॉजी, विज्ञान एवं प्रौद्योगिकी विभाग तथा सामाजिक न्याय एवं हकदारिता मंत्रालय के साथ मिलकर लाइट वेट कैलीपर्स, लॉन्ग लेग कैलीपर, आर्थेटिक घुटनों के जोड़, कृत्रिम अंग, कॉर्डियो वेस्क्युलर कैथीटर, एस्फेरिक मैग्नीफायर, क्रिटिकल केयर वेंटीलेटर, दृष्टि-1064 नामक ऑप्थाल्मिक लेजर टिटेनियम बोन प्लेट, स्क्रू तथा डेंटल इंप्लॉट 'संजीवनी' नामक ध्वन्यात्मक (acoustic) डिटेक्टर आदि बनाए।

इसके अतिरिक्त ट्यूमर की रेडियो थेरैपी के दौरान विकिरण से बचाव की तकनीक 2-डी.जी. विकसित की। विषैले एजेंट से सुरक्षा के लिए इंटीग्रेटेड हुटु मास्क (IHM) तैयार किया है। टैंक के अंदर कार्य कर रहे व्यक्ति द्वारा साँस लेने के लिए स्वच्छ वायु प्रदान करने में एन.बी.सी. वेंटीलेशन का उपयोग हो रहा है। इलेक्ट्रोकेमिकल नियम पर क्रियाशील उपस्कर 'नर्व एजेंट डिटेक्टर' द्वारा ऑडियो अलार्म से किसी एजेंट की मौजूदगी की पुष्टि की जाती है।

अधुनातन उत्पादों में वि-संदूषण किट और सूट उल्लेखनीय है। यह सूट विषैली गैस, द्रव, रासायनिक युद्ध सामग्री एजेंट तथा रेडियोधर्मी धूल से बचाव करता है। इस सूट को वि-संदूषण के बाद पुनः इस्तेमाल किया जा सकता है। पोर्टेबल डोज रेट मीटर रेडियोधर्मी संदूषित क्षेत्र में एक्स एवं गामा विकिरणों की मात्रा मापता है। नाभिकीय दुर्घटना से उत्पन्न आपातकालीन ऑपरेशन एवं शक्तिशाली गामा विकिरण स्रोत का पता लगाने में भी इस यंत्र का इस्तेमाल किया जाता है।

किसी द्रव ब्लिस्टर और नर्व एजेंट का पता लगाने के लिए थ्री-कलर डिटेक्टर पेपर का इस्तेमाल किया जाता है। यह कागज किसी भी जगह पर चिपक जाता है तथा ब्लिस्टर एवं नर्व एजेंट के संपर्क में आने पर तीन अलग-अलग रंग दिखाई देते हैं। इस कागज पर प्लास्टिक का

कवर चढ़ा होता है तथा तापमान व आर्द्रता की व्यापक रेंज में इसका इस्तेमाल किया जा सकता है।

नाभिकीय जैविक और रासायनिक युद्ध सामग्री से बचाव के लिए ऑटो इंजेक्टर विशेष तौर पर तैयार किया गया है। यह सुविधाजनक डिवाइस है।

इसके अलावा, ब्रूसिलोसिस के लिए एंटी बॉडी डिटेक्शन किट, टायफाइड एंटीजन डिटेक्शन किट, लेप्टो स्पिरोसिस एंटीजन डिटेक्शन किट (लैपटोडेक) डेंगू एंटी बॉडी डिटेक्शन किट, प्लेग डिटेक्शन किट, मलेरिया एंटीजन डिटेक्शन किट आदि स्वास्थ्य क्षेत्र में उपयोगी उत्पाद सिद्ध हुए हैं, जिनसे आम जनता को भी लाभ पहुँच रहा है।

निष्कर्ष

मिशन मोड कार्यक्रमों तथा परियोजनाओं के अलावा सामाजिक विकास में भी और विकास संगठनों, शैक्षणिक संस्थाओं तथा सरकारी व गैर-सरकारी उद्योगों में अनुसंधान एवं विकास कार्यों की उपलब्धियों का लाभ उठाया जाना चाहिए। इसलिए डेवलपर्स, वैज्ञानिक समुदाय, डॉक्टर, उद्योग एवं क्लीनिकल प्रमाणन एजेंसियों के बीच उन्नत प्रौद्योगिकी के क्षेत्र में परस्पर सहयोग की आवश्यकता है, ताकि समाज तक इन प्रौद्योगिकियों के अधिकतम लाभ पहुँच सकें। ऐसे सहयोग के फलीभूत होने के महत्त्वपूर्ण कारक इस प्रकार हैं—अनुकूल सरकारी नीतियाँ, प्रौद्योगिकी की लागत बाजार संभावनाएँ तथा प्रतियोगी मूल्य प्रणाली। इसके साथ-साथ ऐसे सुनिश्चित मार्केट की जरूरत है, जहाँ कतिपय निम्न माँग की दृष्टि से उत्पादन व्यवहार्य हो, लेकिन अत्यधिक महत्त्वपूर्ण उत्पाद सामने आए। प्रौद्योगिकी समाज को तकलीफ से उबारने का साधन है। □

निष्कर्ष

प्रौद्योगिकी का प्रभाव

विश्व के भविष्य में पूर्णत: प्रौद्योगिकी का वर्चस्व होने जा रहा है। दैनिक जीवन में हम प्रौद्योगिकी पर इतने निर्भर हो चुके हैं कि आनेवाले समय में यह निर्भरता कई गुना बढ़ जाएगी। प्रौद्योगिकी प्रगति का पर्याय ही नहीं, बल्कि जीवन जीने का ढंग है, जहाँ सामाजिक सुरक्षा, आर्थिक सुरक्षा तथा स्वास्थ्य सुरक्षा सुनिश्चित हो। विभिन्न रूपों में सुरक्षा प्रौद्योगिकी में अंतर्निहित है। आधुनिक विश्व में जीवन की प्रत्याशा अतीत में 'आकाश सुमन' थी। अनेक खोजों तथा प्रौद्योगिकी के उपयोग को अनेक स्वास्थ्य संबंधी उपायों में देखा जा सकता है। ये उपाय सस्ते हैं, सामान्य व्यक्ति भी खर्च उठा सकता है। इसके अतिरिक्त, स्वास्थ्य सेवा की गुणवत्ता में प्रौद्योगिकी के कारण नाटकीय सुधार हुआ है। राष्ट्र की सैन्य शक्ति सीधे प्रौद्योगिकीय उत्कृष्टता के अनुपात में है, जिससे राष्ट्रीय, आर्थिक तथा सामाजिक सुरक्षा सुनिश्चित होती है। लेकिन सुरक्षा के विभिन्न पहलुओं तथा प्रौद्योगिकी के बीच संबंध इतना आसान नहीं है। इसके लिए उच्च गुणवत्तावाले अनुसंधान इनपुट की जरूरत है। विकास और परिवर्तन सतत प्रक्रिया है। हमें इसमें सुधार लाने के प्रयास लगातार करने हैं। अनुसंधान में जिज्ञासा ईंधन का काम करती है। इससे देश विकसित एवं समृद्ध होता है।

विज्ञान : वस्तुतः समाज का अनुपूरक

विज्ञान और प्रौद्योगिकी में वृद्धि में मानव जीवन की गुणवत्ता में सुधार होता रहा है। नई प्रौद्योगिकियों के अभ्युदय से नए-नए अनुप्रयोग सामने आए हैं। आज समय की माँग है कि विश्व के वैज्ञानिक तथा प्रौद्योगिकीविद् समुदाय नई खोज तथा ऊर्जा के लिए क्षमता की वृद्धि, पेयजल तक पहुँच, भयावह रोगों के इलाज, स्वच्छ एवं हरित प्रौद्योगिकी, सुरक्षित जीवन के मुद्दों पर एकजुट होकर कार्य करें, जिससे सर्वत्र खुशहाली हो, अरबों लोगों के चेहरों पर मुसकान खेले। राष्ट्रों की मूल क्षमताएँ विश्व ज्ञान मंच में एकीकृत हो सकती है।

भारत की मूल्य-आधारित शिक्षा की विशिष्ट अपेक्षा और युवा शक्ति के कौशल के विकास तथा विश्व नेतृत्व शक्ति के विकास की दिशा में ऊर्जा पर फोकस होने की आवश्यकता को ध्यान में रखते हुए दस अनूठी प्रौद्योगिकियों पर विचार किया गया है। ये प्रौद्योगिकियाँ बहुविधापरक हैं तथा इनमें विज्ञान व प्रौद्योगिकी के विभिन्न क्षेत्रों का आमेलन किया गया है। परिणामस्वरूप नए उत्पाद तथा क्षमताएँ विकसित हुई हैं। इससे ज्ञान का उच्च स्तर पाने तथा नए ढंग से सोचने के लिए युवाओं को अवसर मिला है और हम वैश्वीकृत विश्व में राष्ट्र की प्रतिस्पर्धा में शामिल हो चुके हैं।

भारत में ऐसे भी निराशावादी लोग हैं, जो यह प्रश्न पूछते हैं कि आर्थिक मंदी, प्रतिभा-पलायन, निर्धनता आदि जैसी समस्याओं के बीच भारत कैसे विकसित राष्ट्र तथा विश्व लीडर बन सकता है। लेकिन नवीन प्रौद्योगिकी एवं वैज्ञानिक उपलब्धियों से पुष्टि होती है कि भारत अन्य विकसित राष्ट्रों के समकक्ष आ सकता है। यह मार्ग जाना-पहचाना है। नवोन्मेष-युक्त प्रौद्योगिकी नेतृत्व आज की माँग है। भारत के युवाओं को उठना होगा, अवसरों का लाभ उठाना होगा तथा सिद्ध करना होगा

कि भारत विश्व लीडर बन सकता है।

भारत को विश्व में सर्वाधिक युवा शक्ति का वरदान प्राप्त है। कौशल तथा मूल्य-प्रणाली से भारत में उपलब्ध मानव संसाधनों की विश्व स्तर पर माँग बढ़ सकती है। तेजस्वी युवा मन इस धरती का, धरती से नीचे, धरती से ऊपर, सर्वत्र सर्वाधिक सशक्त संसाधन हैं। उनका ज्ञान, साहस और निष्ठा वास्तव में भारत को एक महान् राष्ट्र बनाएगी। एक बार फिर…

अलग सोचें, अलग खोजें
अलग राहों पर चलता है;
जूझता वन, पहाड़ों से
चूमता शिखर बुलंदी का
यही साहसी युवा जन है!

□□□

* 9 7 8 9 3 5 1 8 6 5 8 6 5 *
MAN - #0697 - 230726 - C0 - 216/140/8 - PB - 9789351865865 - Matt Lamination